엄마가
죽었다

엄마가
죽었다

정해연 지음

생각
학교

목차

1부

그래, 나만 몰랐던 거야

엄마가 죽었다. 집들이를 한 지 두 달도 안 된 아파트의 18층 옥상에서 나를 보며 뛰어내렸다. 엄마는 그렇게 죽었다.

1

현실감이 없어도 이렇게 없을 수는 없겠다 싶었다. 상복을 입은 나는 조문객이 들어올 때마다 곧바로 일어서 맞이했다. 그러고는 그들이 절을 하기 기다렸다가 묵례를 했다. 그들은 모두 마스크를 끼고 있었다.

2019년에 발생한 코로나19 바이러스가 종식되기도 전에 CIF라는 병이 출몰했다. CIF는 전염력이 강한 고양이 열병이다. 세간에서는 그냥 고양이 열병이라고 부르는데 전문적으로는 CIF(Cat Infectivity Fever)라고 부르는 모양이다. 고양이가 열병에 걸리면 고열이 일어나고 호흡이 가빠지며 하체 부위에 청색증이 돈다. 심하면 사망할 수 있고 전염력이 높다. 2022년 12월에 갑자기 보고된 질환으로 예방책이나 치료 방법은 아직 없다. 처음엔 인체 전염력은 없다고 발표되었으나 감염되어 사망한 사람이 발생하고 나서는 전 세계적으로 감염 환자가 늘어났다.

사람들의 격려와 진심 어린 위로, 슬픔은 내게로 전해지지 않고 공중에서 사라졌다. 옆집 성호 아저씨가 사람들을 안내하여 객실로 나가면 도로 주저앉아 엄마의 사진을 멍하니 바라보는 일, 그게 장례식장에서 내가 유일하게 하는 일이었다.

"민우야!"

나를 부르는 소리에 기계적으로 고개를 돌리자 거기엔 작은 아빠가 서 있었다. 조금은 말라 볼이 패인 느낌의 얼굴이 2년 전 보았을 때와 거의 같다. 다른 점이라면 그때는 아빠의 장례식장이었고, 지금은 엄마의 장례식장이라는 것뿐이다.

"이게 대체 어떻게 된 일이냐?"

그걸 알면 나도 속이 시원하겠다. 그걸 알면 나도 미치지 않을 것 같다. 그걸 알면 나도. 그걸 알면 나도….

나도 모르는 사이에 눈물 줄기가 줄줄 흘러내렸다. 내내 이 상태다. 울고 싶지 않은데도 계속 눈물이 흘러내렸다. 그 마음을 안다는 듯 작은아빠가 나를 끌어다 품에 안았다.

"안다. 네 마음 안다."

정말 알까? 지금의 이 황당함을?

그날 우리는 평소와 같았다. 엄마는 끝나가는 일요일을 한탄하며 이른 저녁을 준비하고 있었고, 나는 방에서 엄마 몰래 카레이싱 게임을 즐기던 중이었다. 그로부터 5분 후, 그런 일이 벌어질 거라고 누구도 예상치 못했다.

"너무 걱정 마라. 작은아빠가 다 정리해주마, 응?"

무슨 정리를 말하는 것인지 알 수 없었다. 2년 전 아빠가 돌아가셨을 때, 우리 집에는 아빠의 존재에 대해 말할 수 없는 불가항력이 있었다. 엄마는 아빠의 물건을 치우는 내내 어떤 말도 하지 않았다. 다 함께 찍힌 가족사진이 벽에서 내려질 때 엄마는 단 한마디를 했다.

아빠를 원망한다고.

나는 어떨까? 나는 지금 엄마를 원망하고 있을까? 알 수가 없다. 머릿속이 하얗게 비어버린 기분이다.

"아, 저기…."

목소리가 들려온 쪽으로 고개를 돌렸을 때 낯이 익은 두 명의 남자가 서 있었다. 이틀 전, 엄마의 투신이 있던 날 나를 불러다 조사를 한 형사들이었다. 한쪽은 길고 얄팍한 눈을 가졌고, 한쪽은 각진 턱에 눈매가 사나웠다. 얄팍한 눈 쪽이 작은아빠를 보았다.

"아, 이 아이 작은아빠입니다."

"아버지는?"

"돌아가셨습니다. 지금으로선 제가 유일한 보호자입니다. 저랑 말씀하시죠."

작은아빠는 재빠른 손길로 명함을 꺼냈다. 작은 제지회사를 운영한다. 아마 신용으로는 아무런 문제도 없을 것이다. 각진 턱 쪽이 명함을 받아 눈으로 한번 훑고 나서는 주머니 속에 있던 수첩을 꺼내 그 안에 넣었다. 두 사람은 객실 쪽을 훑어보았다. 객실엔 손님들이 있었다. 와글거리는 소리가 진동했다. 무슨 말을 하려는지 알겠다는 듯 작은아빠가 한쪽 구석에 달린 문을 손으로 가리켰다.

"상주들을 위해 준비된 방이 있습니다. 그쪽으로 가시죠."

세 사람은 안으로 들어갔다. 나는 굳이 그 문에 귀를 대고 엿들을 생각은 없다. 이미 경찰이 엄마의 죽음을 완벽한 자살로 처리하려 한다는 것을 이틀 전의 조사로 알고 있었다. 다툼의 흔적이 없고, 목격자 또한 있었다는 것이다. 목격자는 그 시각 아파트 단지에 오토바이를 타고 들어온 음식점 배달부였다. 아파트에 진입하면서 이미 누군가 베란다를 넘는 것을 봤고 소리를 지를 새도 없이 스스로 뛰어내렸다는 게 그의 증언이었다. 경찰은 나에게 엄마와의 평소 관계에 대해 물었지만, 내가 의심스러워 그런다기보다는 그냥 형식적인 질문인 듯했다.

열성적으로 물은 쪽은 나였다. 엄마는 자살할 이유가 없었다. 그날 엄마의 최대 고민은 '일요일이 끝나간다는 것'이었다. 그렇다고 엄마가 출근하기를 죽을 만큼 싫어했다는 뜻은 아니다. 엄마는 아빠와 결혼하기 전부터 공무원으로 21년간을 성실히 근무했다. 나름대로 그 일에 대해 자부심도 갖고 있는 사람이었다.

나는 엄마가 자살할 이유가 없다고 말했다. 엄마가 저녁상을 준비하다 자살할 이유는 더더욱 찾을 수 없었다. 하지만 형사들은 내 말에 크게 관심을 두지 않았다. 여행을 가겠다고 티켓을 끊은 뒤 자살을 한 사람도 있다며 나를 설득했다.

나는 작은아빠와 형사들 사이에 오가는 대화를 듣고 싶지 않았다. 어떻게든 일을 빨리 마무리 지으려는 것이 뻔하다. 하지만 이를 막을 수도 없다. 엄마가 자살했다는 것은 누구보다 내가 제일 잘 알고 있었다. 엄마는 내 눈앞에서 뛰어내렸으니까.

엄마가 자랑스러워 마지않던 21년간의 직장생활을 보여주기라도 하려는 듯 끊임없이 바깥으로 화환들이 날라져 왔다. 저게 무슨 의미일까. 나는 벽에 등을 기대고 앉아 멍하니 있다가 빈소에 들어서는 사람들을 보고 기계적으로 일어나 절을 했다. 그러다 누군가가 나를 끌어안아서 문득 정신을 차렸다.

"어쩌냐, 어쩌냐 민우야. 이게 다 무슨 일이냐, 응?"

같은 반 제영이었다. 어린이집 동창이고 같은 아파트에 살아서 중학교도 같은 학교로 배정됐다. 3학년에 올라오면서는 한 반이 되었다. 어린이집 다닐 때부터 둘이 붙어 다녔더니 결국 같은 반이 됐다고 좋아한 지 몇 개월도 지나지 않은 시점이었다. 제영은 나보다 더 흐느끼고 있었다. 나는 제영을 안았다.

엄마도 제영이를 좋아했다. 조금은 내성적인 나와 다르게 활달한 제영이를 마음에 들어 했다. 나를 더 밝게 만들어주는 친구라 그랬을 거다. 제영이는 엄마의 돈가스를 아주 맛있게 먹었었다. 어떤 음식을 해도 "괜찮아" 한마디뿐인 무뚝뚝한 아들 놈 대신, 입에 소스를 묻히며 엄지손가락을 척 치켜들어 주던 제영이가 문득 고마워졌다. 나는 제영의 등을 두드렸다.

"인마, 지금 네가 날 위로할 때냐? 너 혼자 있어?"

제영은 고개를 양옆으로 돌리며 나를 혼자 놔둔 어른이 있다면 멱살이라도 잡을 기세다. 나는 제영이 엄마의 멱살을 잡아줬으면 좋겠다, 라고 두서없는 생각을 했다.

"작은아빠 계셔. 형사들이랑 얘기 중이야."

"대체 어떻게 된 일이야? 평소에 무슨 일 있으셨던 거야?"

제영은 나를 벽 쪽으로 끌어다 앉히고는 나직하게 물었다. 난 이번에도 똑같은 말을 할 수밖에 없었다. 평소에 아무 일 없었고, 그날도 평소와 다르지 않았다고. 그렇게 말한 나는 고개를 들어 제영을 보았다. 두려웠다.

'뭔가 일이 있으셨는데 네가 몰랐겠지.'

지금까지 물어왔던 많은 사람처럼 제영 역시 그런 눈으로 날

보고 있을까 봐 겁이 났다. 그러면 난 정말로 혼자가 된 기분일 것 같았다. 하지만 제영은 그런 눈이 아니었다. 당장 비가 쏟아질 하늘 같은 낯빛으로 얼굴을 일그러트린 채 나를 바라보고 있었다.

"울지 마."

누가 누굴 위로해야 할지 모르겠다는 생각을 하며 내가 말했다.

"아직 안 울었어."

눈물이 주르륵 흐르는데도 제영이 대답했다.

그렇게 엄마를 떠나보냈다.

작은아빠는 내가 원한다면 함께 살도록 해주겠다고 했다. 하지만 나는 거절했다. 중학교 3학년이니 혼자 충분히 지낼 수 있다. 공무원이었던 엄마 앞으로 연금도 나오고 모아놓은 돈도 있어서 생활비로는 부족함이 없을 듯했다. 너는 아직 어리다는 작은아빠와 한참이나 입씨름을 하다가 결국 자주 들여다보는 걸로 이야기를 마무리 지었다. 작은아빠가 떠난 후 나는 텅 빈 집에 혼자 남았다.

저녁 8시. 거실에 앉아 정면에 놓인 TV를 물끄러미 보았다. 이 시간이면 엄마가 좋아하는 막장 드라마가 나왔다.

"사실은 쟤가 어린 시절에 바뀐 진짜 딸인데, 저 엄마는 사실 그걸 알고 있는 거야. 그러면서도 이혼당하기 싫어서 모른 척하고 있는데 저 아들이 사실은…."

엄마는 '사실은'으로 모든 것이 귀결되는 그 드라마를 참 좋아했다.

"대체 왜…."

왜 이런 일이 일어났는지 모르겠다. 빛 한 줄기 들어오지 않는 캄캄한 방에 갇힌 듯했다. 양손을 들어 얼굴을 감쌌다. 벽에 걸려 있던 시계에서 초침 소리가 났다. 엄마가 없어도 여전히 시간은 흘러갔다.

그때 초인종이 울렸다. 올 사람이 없을 텐데, 하는 생각과 함께 형사 두 명의 얼굴이 떠올랐다. 벌써 지치는 기분이다. 나는 녹아내린 몸을 일으켜 세우듯 겨우 일어나 월패드 앞까지 갔다. 화면에 비친 얼굴을 보며 안도의 숨을 내쉬었다. 혼자 있고 싶은 마음이긴 하지만 굳이 누가 온다면 이 사람이 나을 듯하다는 생각에서였다. 옆집에 살고 있는 성호 아저씨였다.

"혼자 있었니?"

문을 열어주자 안으로 들어오며 아저씨는 휑한 집 안을 둘러보았다.

"작은아빠 왔다 가셨어요."

아저씨는 불룩한 배에 박스를 하나 걸쳐 들고 서 있었다. 뭔지 물어보려고 했지만 옆에 내려놓기에 나에게 줄 건 아닌가 싶었다. 아저씨를 거실 소파로 안내했다.

"밥은?"

"먹었어요."

"퍽이나."

"그럼 왜 물어봐요?"

"우리 집 와서 밥 먹어."

"아까 작은아빠랑 먹었어요."

"매일."

나는 아저씨를 보았다. 아저씨는 혼자 살지 않는다. 그러나 혼자 사는 것과 다르지 않다.

아저씨의 아내인 아주머니는 루게릭병을 앓고 있다. 너무 많이 진행돼 아예 침대에서 일어나지 못한다. 처음엔 태블릿을

펜슬로 눌러서 하던 의사소통도 이제는 어려워졌다. 그런 상황에서도 나를 챙겨주려고 한 아저씨의 마음이 고마웠다.

"저도 다 컸어요. 혼자 해봐야죠. 그래도 가끔 도움은 받을게요."

"작은아빠랑 살지 그러니?"

"그 집에 방도 없어요. 애가 있거든요. 눈치 보기 싫어요."

나는 작은아빠에게는 말하지 않은 사실을 말하면서 아저씨가 들고 온 박스 쪽으로 고개를 돌렸다.

"저건 뭐예요?"

"아."

아저씨는 뒤늦게 생각났다는 듯 일어나 박스를 들고 소파 앞 테이블에 놓았다. 갈색 박스에는 물건이 가득 담겨 있었다.

"엄마 책상 물건."

순간 숨이 멎었다. 그렇다. 엄마의 물건을 내 손으로 하나하나 보내주어야 한다. 안에는 별의별 것이 다 들어있었다. 거울, 핸드크림, 손 세정제와 물티슈, 엄마와 둘이서 찍은 네 컷 사진. 그리고 엄마가 근무하면서 받았던 교육 책자들까지 가득했다. 엄마의 회사 다이어리가 눈에 띄었다. 그걸 집어 들려고 할 때 아저씨가 물었다.

"학교는?"

"일주일만 쉬려고요."

"대놓고 막 놀아보겠다 이거지?"

"절대 그러지 않을 거란 거 아시죠?"

"알지. 네가 누군데 인마."

"은파중학교 전교 부회장 송민우요."

그 말에 아저씨의 콧잔등이 괜히 빨갛게 달아올랐다.

"그럼. 네가 누군데 인마."

"은파중학교 최고 모범생이라고요."

"그럼. 네가 누군데."

"우리 엄마 아들이고요."

"그럼 그럼."

아저씨는 고개를 주억거리면서 무릎을 짚고 자리에서 일어
섰다. 나는 아저씨를 따라 일어났다.

"무슨 일 있으면 찾아와라."

"감사해요, 아저씨."

"내가 네 엄마한테 도움 많이 받은 거 알지?"

나는 말없이 고개를 끄덕거렸다. 일 쪽으로는 잘 모르지만 아저씨가 근무하는 부서는 며칠씩 장기 출장도 자주 가야 하는 곳이었다. 아저씨가 출장을 가고 나면 혼자 남아야 하는 아주머니가 늘 문제였다. 용변도 받아내야 하고, 목구멍에 뚫린 구멍으로 음식도 삽입해주어야 했다. 욕창을 방지하기 위해 체위도 변경해주어야 했다. 아저씨는 간병인을 쓰고 있었지만 비용 문제로 주간 보호만 받고 있었다. 그런 어려움을 엄마가 대신 해결해주었다. 아저씨의 빈 자리를 엄마가 대신 채워주신 것이다.

아저씨는 내 머리를 한 번 쓰다듬고는 현관문을 열고 나갔다. 잠시 뒤 복도 쪽 맞은편 집의 문이 여닫히는 소리가 났다. 오늘밤 아저씨는 혼자 술잔을 기울일지도 모르겠다. 거실로 돌아온 나는 박스에서 엄마의 다이어리를 꺼냈다. 하루의 일정이 빼곡히 들어차 있었다. '축사 냄새 민원인 전화하기' 같은 작은 것부터 어려운 이름이 붙은 보고서 올리기까지 엄마의 일상은 굉장히 바쁘게 돌아가고 있었다.

2

엄마는 여행을 한번 가도 유난한 사람이었다. 집에서 출발하는 시간부터 버스를 타는 시간, 공항에 도착하는 시간 등을 일목요연하게 엑셀 파일로 만들어 출력해 다니는 사람이었다. 저녁을 먹을 식당부터 거기에서 들어갈 식비까지 정리했다. 여행지에서는 한 손에는 핸드폰을 다른 한 손에는 일정표를 들고 돌아다녔다. 나는 그런 엄마를 강박증이라고 놀렸고 엄마는 MBTI의 파워 J형일 뿐이라며 항변했다. 나는 엄마와의 그런 말싸움을 좋아했다.

펼쳐놓은 엄마의 다이어리 위에 눈물이 떨어졌다. 펜으로 적은 '축사'라는 글자가 제 형태를 잃고 일그러졌다. 나는 얼른 눈물을 닦았다. 더는 늘어나지 않을 엄마의 글씨들이 이 세상에서 사라지는 것이 싫었다.

전화가 울렸다. 작은아빠였다.

"네, 작은아빠."

- 아직도 학교는 안 가고 있냐?

"다음 주부터 가려고요."

사실은 집 밖으로 나가는 것을 좀 더 미루고 싶었지만, 그것마저 내 마음처럼 쉽지 않았다. 오늘 아침 담임선생님에게서 전화가 왔다. 결석이 길어지면 내신에 영향을 미칠 거라고 했다. 엄마가 원하시는 일이 아닐 거라는 담임선생님의 말에 아무 말도 하지 못하고 전화를 끊었다.

– 잘 생각했다. 그리고….

작은아빠는 조심스럽게 말끝을 늘였다. 나는 무슨 일인가 싶어 가만히 기다렸다. 오래지 않아 작은아빠의 다음 말이 이어졌다.

– 사건이 종결됐다고 하는구나. 어제 경찰서에서 전화가 왔어.

마음이 막 깎은 연필심처럼 뾰족해졌다. 엄마와 무슨 일이 있었던 것 아니냐고 캐물을 때는 나를 그렇게 못살게 굴었으면서 정작 사건의 종결은 작은아빠에게 통보했다. 경찰은 처음에 나를 의심했던 것이 분명했다. 적어도 내가 엄마를 밀지는 않았어도 엄마의 죽음에 한몫했을 거라 추정했다. 분명 그런 태도였다.

"어떻게요?"

나는 분노를 누르고 물었다.

– 자살.

예상한 답이었다. 엄마를 아무도 밀지 않은 것은 내가 이 두 눈으로 직접 보았다. 영화처럼 누군가 전화로 엄마를 조종하고 있지도 않았다. 엄마는 전화를 걸고 있지 않았다. 평소처럼 저녁 식사를 준비하다 말고, 혼자 떨어져 내려, 부서졌다.

알았다고 대답하며 전화를 끊었다. 작은아빠는 학교에 다니는 일이나 생활 등에 대해 걱정을 늘어놓았지만, 나는 길게 통화를 할 마음의 여유가 남아있지 않다. 엄마가 남긴 글자들을 손으로 쓰다듬었다.

평소와 같았다면, 아무 일도 없었다면 도대체 왜, 왜 엄마는 죽었을까?

회사 쪽은 경찰이 조사했다. 집안의 일은 내가 가장 잘 알고 있었다. 회사에서 힘든 일이 있었다거나 뭔가의 일에 연루되어 있었다면 경찰이 더 먼저 알았을 것이다. 그렇다면 엄마의 심적 문제였을까? 내가 알지 못하는 어떤 힘든 감정이 있었을지 모른다. 엄마가 벌어오는 급여는 한정되어 있고 나는 점점 자란다. 당연히 비용이 많이 들 것이다. 나는 고개를 저었다. 그런 것 때문에 엄마가 그럴 리가 없다.

아빠는 자살했다. 연이은 사업 실패로 32평이던 아파트에서

8평으로 옮겨야 했을 때였다. 엄마와 아빠의 싸움이 매일같이 벌어지던 때도 그때였다. 엄마는 아빠에게서 희망을 보고자 했지만 아빠는 이미 절망의 늪에 빠져있었다. 어떻게든 일어나려는 모습을 보이지 않고 매일 술에만 절어있었다. 엄마는 나에게 아빠의 그런 모습을 보여주는 것을 가장 싫어했지만, 고작 8평밖에 안 되는 임대아파트 공간에서 내가 그 모습을 보지 않기란 어려운 것이었다.

엄마는 이혼을 통보했다. 어쩌면 그것은 마지막 협박 같은 것이었을지도 모른다. 아빠는 고개를 떨군 채 그저 고개를 끄덕였다. 그리고 이혼 서류를 제출하러 가기로 한 전날 밤 엄마가 보는 눈앞에서 아빠는 12층 아래로 뛰어내렸다.

등줄기에 전율이 흘렀다. 나는 고개를 들었다. 그래, 생각하지 못하고 있었다. 엄마가 어떤 고통을 가지고 있는지 깜박 잊고 있었다. 그 일이 있고 난 뒤, 엄마는 정신과 치료를 받을 만큼 많이 괴로워했다. 중증도의 우울과 불안이 엄마를 덮쳤다. 늘 약을 먹었고, 밤이면 숨을 죽여 울었다. 엄마는 아빠의 죽음 이후, 가끔 나에게 물었다.

"혹시 엄마를 원망하니?"

"절대."

"너는 엄마의 보물이야. 네가 가장 귀해. 너를 지키지 못할 정도로 무너지지는 않을게."

술에 취했던 엄마가 했던 말이 귓속에 선연하다.

그런 아픔을 가진 엄마가 내가 보는 앞에서 뛰어내릴 리가 없다.

나는 자리에서 벌떡 일어섰다. 나도 모르게 거실을 이리저리 걸어 다녔다. 경찰이 물었었다. 엄마가 평소와 다르지 않았냐고. 나는 다르지 않았다고 대답했지만, 평소와 다르지 않았던 사람이 자살할 리가 없다. 더 자세히 생각해야 한다.

식사를 차리던 엄마. 학원에서는 별일 없었냐고 묻던 엄마. 출근하던 엄마. 퇴근하던 엄마. 엄마의 평소 모습.

나는 뭐든 떠올려보려 애썼다. 그러던 내 걸음이 우뚝 멈추었다. 요즘 들어 엄마의 표정이 어두웠지 않았나, 하는 생각이 들었다. 하지만 그건 우울증을 앓으면서 가끔 있었던 일이라 그때는 딱히 별달랐다고 생각지 못했다. 그런데 그것과는 분명 다른 점이 있었다.

근래 들어 엄마는 자주 화들짝 놀랐다. 요리를 하다가 혹은

욕실에서 씻고 나오면서 뭔가에 놀라 몸이 굳곤 했다. 왜 그러냐고 물어보면 벌레가 나오는 줄 알았다고 멋쩍게 웃곤 했다. TV를 보다가 전기가 통하기라도 한 것처럼 비명을 지르며 온몸을 바르르 떨 때도 있었다.

"내 그림자 보고 놀랐어."

엄마는 가슴께를 부여잡으며 후, 한숨을 내쉬었고 나는 그런 엄마를 놀렸다.

나는 소파에 털썩 주저앉았다. 미처 생각지 못했던 일이 이제야 떠올랐다. 엄마는 한동안 잠을 이루지 못했다. 밤에 화장실에 가다가 식탁에 앉아 술을 마시던 엄마를 본 일도 있었다. 엄마는 우울증 진단을 받은 후에는 가끔 마시던 술도 입에 대지 않았었다.

"잠이 안 와서. 갱년기엔 다 그래."

그렇다고 하니까 정말 그런 줄로 알았다.

그것 말고도 마음에 걸리는 일이 있다. 엄마는 핸드폰을 손에서 잘 놓지 않았다. 집에 오면 유튜브에 빠져있는 내게 저녁 시간만이라도 대화 좀 하자던 엄마가 핸드폰을 들고 수시로 뭔가를 검색하고 읽었다. 내가 말을 걸면 놀란 얼굴로 고개를 들곤 했다.

만약 엄마만의 무슨 일이 있었다면.

나는 당장 내 방으로 달려 들어갔다. 가방을 뒤져 명함을 찾아 꺼냈다. 각진 턱이 유난히 인상 깊던 형사의 명함이었다. 그의 명함에 적혀 있던 핸드폰 번호를 눌렀다. 신호대기 음이 유난히 길게 느껴졌다. 전화를 받지 않을지도 모른다는 초조감에 아랫입술을 물어뜯는데 전화기 너머에서 남자의 목소리가 들려왔다. 형사의 각진 턱 얼굴이 정확히 떠오르는 목소리였다.

"여보세요? 형사님? 저, 은파동 김인숙 씨 아들인데요."

– 은파동 김인숙?

형사의 머릿속에 엄마의 존재는 이미 희미해진 모양이다.

"투신 건이요."

– 아아.

형사는 마치 기지개를 켜는 듯한 소리를 내더니 말을 이었다.

– 무슨 일이지? 그 사건은 종결된 걸로 통보했다고 아는데, 못 들었니?

"들었어요. 하지만 이상한 게 생각나서요. 뭔가 생각나는 것 있으면 전화하라고 하셨잖아요."

처음 경찰을 만났을 때의 일이었다. 워낙 경황이 없어 잘 모르겠다고 고개만 가로젓던 나를 향해 뭐든 생각나는 게 있으면 전화하라며 넘겨준 명함이었다.

전화기 너머에서 형사는 어색한 웃음을 지었다.

– 그거야 사건 종결되기 전에…. 그래서 뭔데?

이미 끝난 사건이라 귀찮아하는 느낌이 뚝뚝 묻어났다. 무슨 일이냐고 물어보는 것도 예의상이라는 것을 알 수 있었다. 하지만 난 지푸라기라도 잡는 심정으로 전화기를 부여잡았다.

"엄마가 자주 술을 마셨어요. 넋이 나갈 때도 있었고 조그만 일에도 깜짝깜짝 놀랐어요. 무슨 일이 있는 것처럼 멍하니 있을 때도 많았고요. 핸드폰으로 자주 검색도…."

– 얘!

"네?"

작은 한숨 소리가 들려왔다.

– 엄마가 그렇게 되셨으니 믿을 수 없는 기분은 내가 안다만, 잘 들어라. 사람이 자살할 때 그냥 편안한 기분으로 하겠니? 뭔가 힘든 일이 있긴 하셨겠지. 이런 말을 네게 하기는 좀

그렇다만, 경제적인 어려움도 있었고 또….

형사는 잠시 말을 멈췄다. 그 뒤에 나올 말이 뭔지 짐작할 수 있었다. 여자 혼자의 몸으로 나를 키운다는 게 녹록지 않았을 거라는.

– 어쨌든 중요한 건 엄마는 스스로 그렇게 되신 거라는 거야.

내가 아무 말도 못 하고 있자 이번에는 노골적인 한숨이 들려왔다.

– 아저씨 말, 알았지? 그리고 형사들이 매우 바빠요. 이렇게 끝난 사건들 하나하나 얘기를 다 들어주고 있다가는 다른 일은 하지도 못할 거야. 아저씨가 무슨 얘기하는지 알지?

이제 전화하지 말라는 뜻이다. 엄마는 죽었고 경찰에서 엄마의 죽음은 더 이상 관심 밖의 일이라고 말하고 있었다.

나는 전화를 끊으며 다시 한번 엄마를 떠올렸다. 고개를 단호히 저었다. 엄마는 자살을 혐오하는 사람이었다. 아빠의 죽음을 겪으며 이를 갈고 살았다. 그런 아픔을 가진 엄마가 절대 나에게 그런 모습을 보일 리가 없었다.

형사의 말이 맞다. 분명 엄마는 내 눈앞에서 뛰어내렸다. 스스로 목숨을 끊었다. 내가 아무리 부정하려고 해도 그건 변할 수 없는 사실이었다. 하지만 나만은 알고 있다. 엄마는 그럴 사람이 아니었다. 그럴 수 없는 사람이 그런 선택을 할 때는 분명히 이유가 있을 터. 엄마에게는 수년간 끊은 술을 다시 손대게 할, 조그만 일에도 화들짝 놀랄 만큼 예민하게 할, 나와 대화를 나눌 새도 없이 빠져들, 뭔가의 일이 있었다.

그걸 알아야만 한다.

형사들이 그랬던 대로 나는 엄마의 죽음을 단순 자살로 넘길 수 없다. 나는 엄마가 베란다 밖으로 뛰어내리기 전에 지었던 마지막 표정을 떠올렸다. 단 한 번도 보여준 적 없는 일그러진 얼굴이었다. 내게 보여준 그 마지막 표정은 어쩌면 나에게 남기는 부탁일지도 모른다. 이런 선택을 할 수밖에 없었던 자신의 힘듦을 알아달라는.

엄마에게는 두 가지 역할이 있었다. 집안에서의 엄마와 회사에서의 엄마. 나는 내가 모르는 엄마의 모습을 찾아보기로 했다.

나는 엄마의 두툼한 다이어리를 꼭 쥐어보았다. 엄마의 온기가 느껴졌다.

2023년 3월 18일

CIF 방역 대책 상황실로 배치되었다. 처음 있는 일이라 걱정도 되고 겁도 난다. 이번엔 상황이 엄중하다고 들었다. 모두의 얼굴에 긴장이 느껴진다. 길고양이를 포획하는 것이 가장 난관이다. 은파 지역 각 가정에 안내문을 배포해야 한다. CIF 검사를 사전에 받으라고 해야 하는데 사람들이 잘 따라줄까? 다른 지역에서는 검사율이 20%도 되지 않아 시 조례를 만들어 강제 행동에 들어갔다고 들었다. 고양이 주인들과의 몸싸움도 불거졌다고 하던데 내가 잘할 수 있을지 걱정이 된다. 나는 어떤 일을 맡게 될까? 고양이 주인들을 설득해야 하는 일만 아니면 좋겠다. 어려운 것도 어려운 것이지만 만약 CIF에 감염된 것이면 나도 위험해진다. 내가 위험해지는 것은 감수할 수 있어도 내 아들 민우는 다르다. 하지만 할 수 없다. 내가 안 하면 누군가는 해야 하는 일인 것이다. 내가 이 일을 잘하는 것은 민우를 지키는 일과 다르지 않다.

시청에 다니고 있는 엄마가 다른 팀으로 발령 났다거나 한 애기를 들은 적은 없다. 엄마는 회사 얘기를 거의 하지 않았다.

뉴스를 검색하자 국내의 CIF 누적 확진자가 이십만 명이 넘었다는 소식이 있다. 길고양이는 포획용 케이지로 잡고 집고양이는 동네를 샅샅이 수색해 발본색원한다. 만약 한 마리라도 CIF에 감염된 것이 발견되면 살처분이나 소각이 이뤄진다. 고양이 주인들은 필사적으로 막아보려 하지만 통하지 않는다. 동물보호협회에서 항의 시위를 벌였지만 그다지 효과가 없었다. 고양이들만의 문제가 아니기 때문이다. 사람에게 전염되면 아직도 종식되지 않는 코로나19에 CIF까지 덮치는 꼴이었다. 이대로 계속 진행된다면 몇 달 뒤에는 국가 경제가 흔들릴 거라고 모든 신문은 우려하고 있었다.

2023년 3월 21일

내가 검사한 가정 내 고양이에게서 CIF 바이러스가 발견되었다. 그 사실을 알렸을 때 주인의 절망하는 얼굴이 잊히지 않는다. 고양이는 이미 청색증까지 보였고 먹는 족족 다 토해냈다. 이 정도라면 바이러스가 집 안 가득 퍼져 있을 것이다. 주인 역시 발열이 심했다. CIF라는 것을 예감하고 있으면서도 참았던 것 같다. 당장 폐쇄하고 고열을 보이는 고양이의 주인 역시 음압실이 있는 병동으로 옮길 채비를 하고 있었다.

음압 구급차에 환자를 싣는데 환자가 물어왔다.

"우리 감자는 어떻게 되나요?"

감자는 고양이의 이름일 것이다. 나는 그 답변을 하지 말아야 했다. 아니, 질문 자체를 못 들은 척했어야 했다. 아니면 그 자리에 있지 말아야 했다. 모든 것이 나 때문이었다. 이 팀에 배속된 지 고작 나흘 된 나에게는 그럴 때 대처하는 지식이 없었다.

"살처분될 겁니다."

"안 돼!"

내내 기운이 없던 고양이 소유주가 벌떡 몸을 일으켰다. 방역복을 입은 나와 동료들이 그를 말려보았지만 여의치 않았다. 그는 구급차에서 뛰어내리려 했다. 사람들이 말리라는 소리를 질러댔고, 나는 눈앞이 휘돌았다. 정신이 하나도 없었다. 뭘 어떻게 해야 할지 어영부영하는 사이에 발버둥치던 그 사람을 다른 직원들이 제압했다. 그는 바닥에 얼굴이 박혔다.

"주세요."

남자의 눈에서 눈물이 흘러내렸다.

"주세요. 우리 감자."

2023년 3월 22일

어제 이송한 남자의 부고 소식을 들었다. 남자는 의료용 가위를 탈취해 자신의 목을 찔렀다고 했다. 감자라 불리던 고양이가 살처분되던 날이었다.

3

그런 일을 당한 엄마의 괴로움이 다이어리에 몇 건 더 적혀 있었다. 우리 집도 오래전 강아지를 키운 적이 있다. 자두라고 이름 지은, 정말 자두만 한 그 강아지는 온 가족의 귀여움을 받았다. 갑작스런 폐렴으로 세상을 떠날 때까지 자두는 우리에게 큰 기쁨이었다. 그래서 더 고통이 컸던 탓일까. 우리는 그 이후로 반려동물을 키우지 않았다. 키우지는 않았어도 동물을 사랑하는 마음은 우리 가족 모두 가지고 있었다. 주말이면 TV 프

로그램인 〈동물농장〉을 보면서 웃거나 울거나 하기를 반복했다. 그건 엄마도 다르지 않았다. 더 이상 키우지는 않아도 동물을 사랑하는 마음을 감추지 않았다.

그런 엄마에게 CIF에 걸린 동물을 데려오는 일이 괴롭지 않았을 리가 없다. 그들을 데려온다는 것은 죽임을 의미했으니까. 매번 이를 거부하는 보호자를 설득하는 일까지도 엄마는 편하지 않았을 터다. 다이어리 여기저기에 남아있는 작은 얼룩들이 그걸 증명하고 있었다.

형사들은 말했다. 엄마의 사망 원인은 자살, 자살의 원인은 심경 변화라고. 하지만 나만큼은 거기서 끝내서는 안 된다는 생각이 들었다. 엄마가 얼마나 괴로웠는지, 그걸 말하지 못해 얼마나 답답했는지 이해해야 한다는 생각이 들었다. 그리고 마지막으로 나에게 보여줬던 그 일그러진 얼굴. 나는 그걸 이해하기 전에는 아직 엄마를 보내줄 수 없다.

2023년 4월 1일

거짓말.

싫어.

마지막에 적힌 일기는 너무나 짧은 두 개의 문장이었다. 나는 달력을 보았다. 4월 1일은 만우절. 거짓말로 장난을 하는 날, 엄마는 대체 무슨 장난 같은 일에 처했던 걸까. '싫어'라고 흘려 적힌 엄마의 글씨체가 바들바들 떨고 있는 것처럼 느껴졌다. 엄마에게 대체 이날 무슨 일이 있었던 걸까.

나는 엄마의 일기를 더 읽고 싶었지만 거기서 끝나 있었다. 엄마는 죽기 3개월 전부터 일기를 쓰지 않았다. 뭐든지 메모하는 것을 좋아하던 엄마가 아무것도 적지 못할 정도의 급박한 생활이었던 걸까. 나는 아무것도 알 수 없는 기분이 들었다.

나는 뒷장을 휙휙 넘겨 보았지만 더는 일기를 찾을 수 없었다. 그러나 업무 관련 메모가 이따금 적힌 곳에서 생경한 낱말을 찾아내었다. 그것은 엄마가 급히 휘갈긴 필체로 거의 종이 반절을 차지할 만큼 크게 적혀 있었다.

'CCACA'

그 글자에는 몇 번의 동그라미가 쳐 있었다. 그리고 그 옆에는 네 사람의 이름과 지역명이 각각 적혀 있었다. 주소나 전화번호, 별다른 내용은 없었다. 나는 엄마의 업무 내용 중 하나라고 여겼다. 엄마는 평소 전화를 할 때 중요하지도 않은 통화 내용을 아무렇게나 적는 습관이 있었다. 다리를 꼬고 앉아 이리 저리 메모하며 발을 흔들거리는 모습이 눈앞에 선연히 떠올랐다. 눈두덩이가 뜨거워졌다. 코를 한번 훌쩍 들이켜는 걸로 나오려는 눈물을 밀어넣었다.

정신건강의학과의 대기실은 사람들로 가득 차 있었다. 왠지 다른 병원과 달리 더 조심스럽게 문을 열게 된다. 아무도 돌아보는 사람은 없었다. 대기실의 환자들은 멍하니 정면에 걸린 TV를 보거나 손에 들린 핸드폰을 보고 있었다. 정신과라고 해도 다른 병원의 대기실과 그다지 다르지 않다는 것이 조금 신기했다.

"어떻게 오셨어요?"

문 근처에서 머뭇거리는 나를 향해 일어서며 간호사가 미소 띤 얼굴로 물었다. 쭈뼛거리며 다가서는 내 손에는 엄마의 다이어리가 들려있었다.

"여기 다니시던 환자의 아들인데요. 엄마에 대해 뭣 좀 여쭤보려고 왔거든요."

간호사는 웃었다.

"환자에 대한 정보는 아무리 가족이라도 동의 없이는 공개가 불가합니다."

나는 아랫입술을 살짝 깨물었다. 이 말은 하고 싶지 않았다.

"엄마는, 돌아가셨어요."

간호사의 얼굴이 순간 어두워졌다. 곤란한 듯 그녀는 눈을 몇 번 깜박거리더니 메모지에 엄마의 이름과 내 이름을 적었다. 잠깐 기다리라고 해 나는 소파의 빈자리로 가 앉았다. 문득 엄마도 가끔 이렇게 와 앉아있었겠지, 하는 생각이 났다.

십 분쯤 기다리자 한 여자가 상담실의 문을 열고 나왔다. 파마한 머리는 엄청나게 화려했고, 온몸에 쫙 붙는 원피스는 눈길을 끌기에 충분했다. 짙은 화장에 향수 냄새도 진했다. 저런 사람도 내면에는 자신만의 우물을 갖고 살고 있는 거다.

"송민우 씨."

여자가 나오자 간호사가 내 이름을 불렀다. 내가 고개를 들자 간호사가 고개를 끄덕였다. 나는 상담실 앞으로 가 크게 심호흡을 한 다음 손잡이를 잡고 문을 열었다. 나를 먼저 부른다고 항의하는 사람은 없었다.

건장한 체격을 한 의사는 50대나 60대 초반으로 보였다. 염

색을 하지 않는지 하얀 머리가 인상 깊었다. 검은 머리 하나 없이 새하얀 머리를 잘 빗어 넘긴 것이 멋스러워 보였다. 컴퓨터가 올려진 책상이 있었고 맞은편에 의자가 있었다. 구석에 세워놓은 물레방아에서는 물이 흐르고 있었다. 전기로 작동하는 모양이었다. 그것 말고는 다른 물건은 없었다. 가끔 내과 같은 병원을 가보면 으레 진료실에는 상패나 책들로 가득했는데 여기는 그렇지 않았다. 어쩌면 정신건강의학과라 일부러 편안함을 주려 하는 건지도 모른다.

"앉으세요."

놀랄 만큼 부드러운 얼굴로 의사가 말했다. 긴장된 얼굴로 그의 책상 맞은편에 앉았다. 의사는 책상 위에 올려있는 차트를 의식적으로 한번 넘겨 보고는 나를 향해 얼굴을 들었다.

"김인숙 님이 돌아가셨다고요. 힘드시겠어요. 삼가 고인의 명복을 빕니다."

나는 어떻게 대답해야 할 줄 몰라 고개만 푹 숙였다.

"그런데 궁금하다는 것이 뭔가요?"

나는 곧장 입을 열지 못했다. 머릿속 안에 있던 단어들이 마구 뒤엉켜 있는 기분이었다. 숨을 크게 한 번 들이쉬고 천천히 입을 열었다.

"엄마는 동물을 좋아하셨어요."

나는 자두가 죽은 얘기부터 엄마가 시청에서 맡게 된 일에 대해 설명했다. 일기장을 보여 드리며 엄마가 돌아가시던 날의 일에 대해서도 이야기했다. 내 이야기는 길었지만 그는 한 번도 끊지 않고 조용히 들어주었다.

"어머니가 많이 힘드셨겠네요."

"그러셨을 거예요. 저한테는 한 번도 말씀하지 않으셨지만…."

"사실 저희 병원에 어머니가 지난 3월 21일 이후로 나오지 않으셨어요."

"네?"

처음 듣는 이야기였다. 나는 엄마가 우울증약을 꼬박꼬박 타 먹고 있는 걸로 알았다. 늘 웃는 얼굴이었기에 약의 조절도 잘 되고 있는 걸로 알았다. 엄마는 왜 갑자기 병원을 나가지 않던 걸까.

"한번 오시면 2주 치 약을 드리니까 4월 4일에는 오셨어야 했는데 그때부터 안 나오셨어요. 약을 안 드신 거예요."

"그럼 약을 안 드셔서…?"

"글쎄요. 그건 뭐라 즉답을 드리기가 어렵네요."

나는 뭔가 이상한 기분에 사로잡혔다. 엄마와 한집에서 살았으면서도 이렇게 엄마에 대해 모를 수 있었을까 싶은 생각이 들었다. 책상 위에 펼쳐진 엄마의 다이어리에 내 눈길이 닿았다. 4월 1일의 일기. 뭔가 굉장히 싫었던 일이 있던 날. 그러니까 엄마는 그날 이후 병원을 오지 않았던 거였다. 아니, 어쩌면 올 수 없었던 걸지도. 대체 4월 1일에 엄마에게는 무슨 일이 있었던 걸까.

더 이상 거기서 알아낼 수 있는 일은 없을 듯했다. 감사하다는 인사를 하고 다이어리를 돌려받았다. 일어서서 나오려는데 의사가 나를 불렀다. 나는 뒤돌아보았다.

"확실하다고 말씀드리지는 못해요. 어차피 인간의 마음이란 다양하고 그만큼 알 수 없는 거니까."

나는 그가 무슨 말을 하려는 건지 알 수가 없었다. 그저 고개만 끄덕였다. 의사가 말을 이었다.

"김인숙 씨는 평소 자신의 눈앞에서 그렇게 떠난 남편을, 그러니까 민우 군의 아버지를 많이 원망하셨어요."

그렇게 떠났다는 것은 베란다 밖으로 떨어진, 자살한 것에 관한 이야기였다.

"그런 일을 겪은 분이 그것도 아드님의 앞에서 그러셨을 거라고 저는 생각되지 않습니다."

"그렇다면 왜…?"

그는 잠시 생각에 잠겼다.

"그럴 수밖에 없었던 이유가 있지 않았을까요?"

"그럴 수밖에 없었던 이유…."

의사는 분위기를 바꾸듯 어깨를 들썩여 크게 숨을 들이쉬었다.

"그냥 개인적인 생각입니다."

나는 가볍게 목례를 하고 상담실을 빠져나왔다.

의사의 말이 맞다. 나도 그 부분이 가장 이해되지 않았다. 아빠의 죽음에서 가장 원망하는 일을 엄마가 나에게 그대로 할 리가 없었다. 그렇게밖에 할 수 없었던 이유가 있었을 것이다. 엄마는 떠났다. 장례도 끝났다. 세상은 전부 일상으로 돌아가고 있다. 하지만 나만은 그 이유를 알기 전까지는 엄마를 보낼 수 없다.

나는 곧장 집으로 향했다. 아파트에 도착해 집 안으로 들어가지 않고 현관문 옆으로 나 있는 계단에 앉았다. 이제 한 시간 정도 후면 성호 아저씨가 도착할 터였다. 할 일이 없어 엄마의 다이어리를 다시 뒤적거리고 있자니 성호 아저씨 집 문이 열렸다. 주간 요양보호사가 퇴근하는 모양이다. 나오던 아주머니는 나를 보고 놀라는 얼굴을 했다. 왜 여기에 앉아있느냐고 눈빛으로 물어왔다. 가끔 다니며 인사를 했기에 낯은 익었다.

"아저씨 좀 뵈려고요."

"아, 금방 오실 거다."

"네, 알아요."

성호 아저씨를 나는 칸트라고 놀렸다. 매일 정해진 시간에 기상해 같은 동선으로 움직이는 칸트를 보고 사람들은 시간을 알았다고 한다. 아저씨도 그에 못지않았다. 늘 같은 시간에 일어나 출근을 하고 퇴근 시간도 일정했다. 그래야 주간 요양보호사 아주머니가 퇴근하는 시간에 맞춰 집에 올 수 있기 때문이다. 그 때문에 성호 아저씨는 회사에서 회식에도 한 번 못 간다고 엄마가 하는 얘기를 들은 적이 있다. 다른 직원들이 아저씨의 사정을 알면서도 뒤에서는 나쁘게 얘기한다고 엄마가 볼 멘소리를 냈었다.

예상대로 아저씨는 정확히 7시에 엘리베이터를 타고 올라왔다. 문이 열리자 나와 마주친 아저씨는 눈을 휘둥그레 떴다.

"여기서 뭘 하고 있어?"

나는 싱긋 웃었다.

"아저씨를 기다렸죠."

"날? 왜?"

"여쭤볼 게 있어서요."

"그래?"

아저씨는 당황한 듯 우왕좌왕하였다. 여기서 얘기를 들어야 하는지 안으로 들어가자고 해야 하는지, 생각하는 게 얼굴에 훤히 보였다. 나는 아저씨를 괴롭힐 생각은 없었다. 아저씨는 당장 안으로 들어가 하루 종일 굳은 몸으로 기다린 아주머니를 봐야 하는 것이다.

"아저씨 집에 잠깐 가도 되죠?"

"어, 그럴래, 그럼?"

아저씨는 환해진 얼굴로 현관문 쪽으로 향했다. 비밀번호를 누르는 손가락이 두툼했다. 아저씨는 특유의 뒤뚱거리는 걸음으로 안으로 들어갔다. 나를 거실 소파에 앉게 한 다음 냉장고에서 오렌지 주스를 가지고 왔다. 시판하는 1.5리터짜리였다.

아저씨는 내게 기다리라고 하고는 곧장 아주머니가 계신 방 안으로 들어갔다. 안에서는 연신 기계가 움직이는 쉭쉭 소리가 났다. "오늘 하루 잘 지냈어?" 아저씨가 아주머니에게 건네는 인사말이 문 너머로 들려왔다. 애정이 묻어있었다. 아저씨는 오늘 요양보호사가 해놓은 일을 확인하고 아주머니의 몸을 살필 것이다. 나는 일부러 들어가지 않았다.

오래 지나지 않아 아저씨가 돌아왔다.

"그래, 무슨 일이니?"

"엄마가 했던 일에 대해 알고 싶어요."

아저씨가 눈을 끔벅거렸다.

나는 다이어리에 남긴 엄마의 일기에 대해 이야기했다. 엄마가 얼마나 힘들어했는지, 일 때문에 그런 선택을 한 것인지 알고 싶다고 했다.

"포획 일을 맡았을 때 많이 힘들어하긴 했지, 네 엄마가."

"그랬어요?"

"응. 그래서 업무 이동 요청도 많이 하고 했다. 그래서 옮겨지긴 했는데…."

"옮겨졌다고요?"

그런데 왜 엄마의 힘겨움은 줄지 않았을까.

"응."

"어디로요?"

아저씨는 주저하다가 말했다.

"살처분팀."

4

길고양이를 살처분하는 과정에 두 개로 나뉜 팀이 움직인다고 아저씨는 말했다. 포획팀과 살처분팀이다. 포획팀은 길고양이를 포획해 온다. 그 고양이들은 바로 정부에서 지정한 처리 장소로 이동된다. 방역복을 입은 살처분팀이 포획용 케이지에 갇힌 길고양이들을 향해 가스를 분사한다. 안락사를 시키는 가스다. 그다음엔 가로 3미터, 세로 6미터, 깊이 3미터로 파인 구덩이에 안락사시킨 고양이들을 쏟아붓는다. 그리고 소각이 이루어진다. 이 작업을 엄마가 했다는 것이다.

나는 도무지 이해가 가지 않았다. 포획팀보다 살처분팀의 일이 더 쉬워 보이진 않았다. 아니, 살처분팀의 일이 더 힘들어 보였다. 육체적인 것보다 정신적인 데미지가 더 클 것 같았다. 엄마는 동물을 사랑하는 사람이었다. 병이 들었다고, 아니 병이 들었는지도 모른다고 그것들을 죽이는 일을 쉽게 할 사람이 아니었다.

"그 팀으로 옮겨진 게 혹시 4월 1일이었어요?"

내 물음에 아저씨는 잠시 기억을 되짚어 보는 듯 음, 하는 소리를 냈다.

"그즈음 될 거다, 아마."

"포획팀 일이 힘들다고 한 사람을 왜 더 힘든 데로 옮겨요? 말이 안 되잖아요."

아저씨는 중얼거리듯 이야기했다.

"어쩌면 괘씸죄였을지도."

"네? 무슨 괘씸죄요?"

내가 묻자 아저씨는 정신을 퍼뜩 차렸다. 그러고는 당황한 얼굴로 손을 내저었다.

"아니다. 내가 너한테 별말을 다 한다. 신경 쓰지 마라."

나는 아저씨의 휘젓는 손을 붙들었다. 답답했다. 엄마의 죽음에 대해 도통 이해할 수가 없었다.

"말씀해 주세요, 아저씨! 왜 더 힘든 팀으로 갔는지, 괘씸죄는 무슨 말인지!"

"그게 말이다….."

아저씨는 조금 낮은 목소리로 이야기를 시작했다.

처음 고양이 열병이 퍼지기 시작했을 때, 당국에는 매뉴얼조차 없었다고 했다. 그건 비난할 일이 아니었다. 누구도 예상한 일이 아니었고, 그런 병 자체가 보고된 바도 없었기 때문이다. 그래서 처음엔 증세가 있는 고양이를 포획해 와 바로 매장을 했다고 했다. 그 이야기를 들은 나는 휘둥그레 떠진 눈을 깜박거리지도 못했다. 말을 이해하지 못하는 사람처럼 입을 벌리고 아저씨를 한참이나 보았다.

"그 말은…?"

아저씨는 왠지 자신이 그런 짓이라도 한 것처럼 눈을 슬쩍 피하며 말했다.

"생매장을 한 거지."

나는 비명이 터져 나오는 걸 얼른 입을 막았다. 고양이들을 싣고 들어오는 트럭, 커다랗게 파인 구멍, 아무렇게나 쏟아부어지는 고양이들. 그리고 그 위를 흙으로 덮고 또 덮는 사람들. 비명을 지르듯 울어대는 고양이들. 그 모습들이 머릿속에 펼쳐지고 있었다.

"그때 네 엄마가 상부에 강하게 항의했어. 아마 들어주지 않았다면 더 윗선까지 찾아갔을 거야."

엄마가 항의를 한 덕분에 지금 그나마 가스를 통한 안락사가 이루어지는 것이라고 아저씨는 덧붙였다. 나는 크게 한숨을 쉬고 나서야 입가에서 손을 뗄 수 있었다. 그건 엄마다운 일이었다. 어차피 죽을 수밖에 없는 목숨이라도 인간다운 최소한의 도리는 해야 한다고 엄마는 말했을 것이다.

문득 예전의 일이 생각났다. 몇 년쯤 전이니, 초등학교 때였을 것이다. TV를 보는데 소가 편히 움직일 수도 없을 만큼 비좁은 우사가 나왔다. 그렇게 소의 움직임을 최소한으로 해야 마블링이 좋은 맛있는 고기가 나온다고 했다. 엄마는 그것을 보면서 크게 화를 냈다. 지금만큼이나 더 아는 게 없던 그때의 나는 엄마에게 물었다.

"어차피 저 소들은 다 죽게 되는 거잖아. 안 죽일 것도 아닌데 사는 동안 편하게 살게 해줘 봤자 달라질 게 뭐야?"

"어차피 죽을 거라고 해도 저 소들의 삶이잖아. 적어도 살아 있는 그 시간만큼은 편안하게 보내도록 해줘야지. 그게 최상위포식자인 인간으로서 할 수 있는 마지막 예의가 아니겠니?"

그렇게 말하는 엄마는 조금 화가 난 듯한 목소리였다.

그랬던 엄마에게 살처분팀의 일을 맡기다니. 엄마는 정말이지 견디지 못했을 것이다.

"그래서 괘씸죄라는 거야. 내버려뒀으면 될 일을 건드려서 일만 더 늘어났다 이거지. 엄마를 보는 윗사람들의 시선이 그렇게 좋지 않았어."

동물을 사랑하는 엄마가 얼마나 괴로웠을까? 그 생각을 하니 가슴이 저며왔다. 그래서 엄마는 죽음을 선택한 걸까? 매일 겪는 괴로움에, 끝이 언제일지 모르는 전쟁 같은 상황을 견디지 못해서 죽기로 한 걸까?

그렇다면 엄마의 죽음은 자살일까, 타살일까? 나는 몸이 서늘하게 식는 듯한 기분을 느꼈다.

그때 어떤 생각이 머릿속을 스쳤다.

"아저씨, CCACA가 뭐예요?"

아저씨는 고개를 갸웃했다.

"그게 뭐지? 처음 들어보는데, 왜?"

"엄마가 회사에서 쓰던 다이어리에 적혀 있었던 거예요."

아저씨는 눈을 깜박이며 다시 생각해보는 것 같았지만 딱히 떠오르는 건 없는 듯했다.

"그렇게밖에 안 적혀 있었어? 다른 건?"

"무슨 사람들 이름이랑 지역명이 적혀 있었는데 별다른 내용은 없었어요."

"글쎄, 난 처음 들어봐. 업무 보다가 그냥 메모한 거 아니었을까?"

내 생각도 비슷했다.

"그럴지도요."

나는 집으로 돌아갔다. 비밀번호를 누르고 현관문을 열었는데 기다리고 있었던 듯이 어둠이 나를 향해 쏟아졌다. 한여름인데도 집 안은 서늘했다. 엄마의 부재가 온기를 빼앗아갔다.

이제 집에는 불을 켜놓고 나를 기다려줄 사람이 없다. 된장찌개에 넣을 호박 크기를 가지고 다툴 엄마도 없다. 이곳에 더는 온기가 찾아오지 않을 것만 같다. 순간 가슴속에 한 줄기 냉기가 흐르며 소름이 돋았다. 앞으로 얼마나 더 이런 감정을 겪어야 엄마의 죽음을 인정할 수 있을까.

나는 조금 전 아저씨와의 대화를 떠올리면서 분노에 휩싸였다. 엄마를 살처분팀으로 보내지만 않았어도 엄마는 죽지 않았을 거라는 생각이 들었다. 그 분을 풀지 않으면 도저히 엄마를 보낼 수 있을 것 같지 않았다.

그때 핸드폰 벨 소리가 울렸다. 제영이었다. 나는 전화를 받지 말까 하다가 통화버튼을 눌렀다.

– 괜찮아?

제영이는 조심스러운 목소리로 인사를 대신해 물어왔다. 나는 한 손으로 거실의 스위치를 눌러 불을 켜면서 대답했다.

"전혀 괜찮지 않아."

– 밥은?

나는 답하지 않았다. 그것만으로 대답이 된 모양이었다.

– 밥도 안 먹고 그러고 있음 어떻게 해! 엄마가 알면 속상하시겠다. 내가 지금 갈게!

"아니, 오지 마. 혼자 있고 싶어."

– 학교엔 안 나올 거야?

"…아니. 나갈 거야."

조금 늦게 대답했지만, 그건 진심이었다. 학교도 가지 않고 엉망으로 있는 걸 엄마가 바라지는 않을 거니까. 밥도 먹을 것이다. 공부도 할 것이다. TV를 보거나 게임을 하기도 할 것이다. 엄마가 버린 세상을 나는 그렇게 살아낼 수밖에 없다.

그리고 나에겐 지금부터 할 일이 있다.

– 다행이다. 그럼 내일 학교에서 봐.

"응."

나는 전화를 끊고 방으로 들어갔다. 컴퓨터를 켜고 인터넷 창을 열었다. 포털 사이트의 검색창에 CCACA를 입력해 검색했다. 검색 결과가 몇 개 뜨긴 했지만, 유선 이어폰의 모델명 같은 것밖에 나오는 것이 없었다. 엄마가 유선 이어폰을 사려고 그런 걸 메모한 것 같지는 않다. 엄마에겐 이미 쓰고 있는 무선 이어폰이 있기 때문이었다.

가방을 열어 엄마의 다이어리를 꺼냈다. 엄마가 마지막에 남긴 '싫어'라는 글자를 보자 가슴이 조여왔다. 나는 고개를 내젓고는 후루룩 여러 장을 넘겨 CCACA가 적혀 있는 곳을 찾아냈다. 옆에는 누군지 모를 사람들의 이름이 적혀 있었다. 나는 그장 전체의 사진을 찍었다. 내일 학교에 가서 담임선생님에게 물어볼 요량이었다. 담임선생님은 과학을 담당하고 있다. 혹시라도 알지 모른다는 생각이 들었다. 나는 왠지 이 CCACA가 마음에 걸렸다.

2부

학생은 여기서 빠져 있어

아침이 되어도 달라질 건 없다. 여전히 엄마는 없고, 세상은 그대로 돌아간다. 나는 앞으로 알람을 못 들어도 더 이상 깨워 줄 사람이 없다는 사실을 절감하며 화장실에 들어가 찬물로 샤워를 했다. 씻고 나와서는 머리를 말린 후 주방으로 들어갔다. 냉장고를 열자마자 쉰내가 진동했다. 그동안 냉장고 안에서 음식들이 다 상해버린 것이다. 엄마의 마지막 반찬이었다는 생각을 하자 이렇게 버려진다는 게 죄송하고 가슴이 아팠다. 저녁에 와서 정리를 해야겠다고 생각했다.

싱크대 찬장을 여니 다행히 컵라면 몇 개가 남아있었다. 아침을 그걸로 때우고 집에서 나왔다. 학교에 가는 동안 모든 것이 꿈이라면 얼마나 좋을까 생각했다.

1

"민우야!"

교실에 들어서자마자 제영이 나를 불렀다. 녀석은 단숨에 달려와 나를 안았다. 같은 반의 아이들이 힐끗거리며 보았지만 놀리거나 하지는 않았다. 다들 엄마가 돌아가신 일을 알고 있는 것이리라. 나는 제영의 가슴을 밀며 떼어놓았다.

"잘 있었지?"

나는 내 자리로 몸을 틀었다. 곧장 제영이 따라왔다.

"당연하지. 근데 넌 얼굴 많이 상했다, 인마. 오늘 저녁에 우리 집에 올래? 오늘 엄마랑 아빠 여행 가셔서 없어. 맛있는 거 잔뜩 시켜놓고 먹자."

나는 대답 대신 쓰게 웃었다. 책상 위에 가방을 내려놓고 뒤돌아섰다.

"담임한테 갔다 올게. 인사는 해야지."

"응! 응!"

제영은 고개를 크게 두 번 끄덕거리며 대답했다. 가끔 강아지 같다는 생각이 드는 녀석이다. 그래도 교무실까지 나를 따라올 생각은 아닌 것 같았다.

교무실로 갔을 때 담임은 자리에 앉아있었다. 무슨 일을 하고 있는지 땀을 뻘뻘 흘리고 있었다. 모니터 바로 옆에는 작은 선풍기가 놓여 있었고, 에어컨까지 시원하게 돌고 있는데도 땀이 뚝 떨어지는 것이 보였다. 커다란 덩치를 감내하기엔 영 약해 보이는 의자에 앉아 담임은 내가 가까이 오는지도 모르고 업무에 집중해있었다.

"선생님."

내가 부르자 담임선생님은 고개를 획 들었다. 그러곤 나를 보더니 후, 안도의 숨을 쉬었다.

"왔니?"

"네."

"어머님은 잘 보내드렸고?"

대답을 하지 않았다. 나는 아직 엄마를 보내지 못했다. 담임선생님은 대답 없는 것을 딱히 이상하게 여기지 않았는지 나를 교무실 한쪽에 놓인 원형 테이블로 데리고 갔다. 구석에 있는 작은 냉장고에서 음료수를 꺼내와 내밀었다.

"여러모로 맘고생이 많지?"

담임선생님은 딱히 대답을 기다린 것은 아닌 듯 바로 말을 이었다.

"그래, 작은아빠네서 지내게 됐니?"

말한 기억은 없는데 담임선생님은 작은아빠에 대해 알고 있는 것 같았다. 장례식장에서 만나셨을지도 모른다. 아니면 나와 관련된 모든 데이터를 담임선생님이 갖고 있던가.

"혼자 지내기로 했어요."

담임은 놀라는 표정을 지었다.

"작은아빠가 자주 들여다봐주실 거예요. 저도 이제 애가 아닌걸요."

내년이면 이제 고등학생이 된다. 더는 어린아이가 아닌 것이다. 무엇보다 누군가에게 얹혀살고 싶지가 않았다.

"괜찮겠니?"

"네."

내 대답에 담임선생님은 교과서에서 본 적 있는 석가모니 불상 같은 미소를 지었다. 턱에서 땀방울이 툭 떨어졌다. 책상 앞에 있던 작은 선풍기를 빨리 가져다주고 싶은 심정이다.

"선생님, 저, 여쭤보고 싶은 게 있는데요."

"그래, 말해봐라."

오늘의 담임선생님은 내가 말하면 하늘의 별이라도 따다 줄 기세였다.

"혹시 CCACA가 뭔지 아세요?"

"CCA…?"

"CCACA요."

"그게 뭐냐?"

물은 것은 이쪽이라는 걸 잊은 것 같았다. 선생님도 모르는 것이 확실하다. 선생님은 다시 한번 그게 뭐냐고 물었지만, 나는 엄마가 다이어리에 남긴 일기에 대해서까지 자세히 말하고 싶지는 않았다.

"엄마 수첩에 적혀 있던 거라서 뭔가 싶었어요, 그냥."

나는 별로 중요하지 않은 것처럼 지나가듯이 말했는데, 잠깐 잊은 게 있었다. 담임선생님은 오늘 나를 위해 별이라도 따 줄 기세라는걸.

"잠깐 있어봐라."

담임선생님은 당장 핸드폰을 켜고는 땀을 뻘뻘 흘리며 검색을 했다. 한참 후 담임선생님은 핸드폰 화면을 내게 내밀었다. 기쁨으로 가득한 얼굴이었다.

"이 이어폰을 찾으셨던 게 아닐까?"

감사하다고 인사를 남기고 교무실을 나왔다.

수업에는 전혀 집중할 수가 없었다. 머릿속에는 엄마의 일기와 엄마가 맡았던 일에 대한 생각으로 가득했다. 하지만 나는 억지로 엄마에 대한 생각을 끊어내려 하지 않았다. 아직도 나는 엄마의 죽음에 대해 모르는 것이 너무 많았다.

엄마가 맡았던 일을 생각할 때마다 억울함이 명치끝을 치고 올라왔다. 그 일을 맡지 않았다면 엄마가 죽었을까, 자문할 때면 대답은 항상 같았다. 그 일이 엄마를 죽였다는 생각밖에는 들지 않았다. 나는 원망했다. 보직을 옮겨달라는 엄마의 애절한 부탁을 괘씸죄라는 온당치 않은 이유로 이전보다 더 힘든 살처분팀에 넣어버린 사람들을 말이다.

그때 문득 그런 생각이 들었다.

그렇다면 엄마는 결국 다른 사람들에 의해 죽은 것 아닌가. 다른 사람에 의해 죽은 것을 자살이라고 불러서는 안 된다. 끓는 불덩어리 같은 것이 목구멍을 치받고 올라왔다. 나는 가만히 있을 수가 없었다. 침을 꿀꺽 삼키며 지금부터 내가 할 수 있는 일에 대해 생각했다.

"야, 송민우!"

누군가 어깨를 흔드는 바람에 정신이 들었다. 주변을 돌아보니 아이들이 자유롭게 모여 떠들고 있었다. 어느새 수업 시간이 끝나 있었다. 내가 수업에 전혀 집중하지 않고 있다는 걸 선생님은 알았을 테지만 그냥 넘어간 듯싶었다. 사정을 이해해주는 선생님이 고마웠다.

"뭔 생각을 그렇게 해?"

제영이 얼굴을 바짝 들이밀며 말하는 바람에 녀석의 콧바람이 얼굴에 와 닿았다. 나는 손으로 제영이의 얼굴을 밀면서 몸을 슬쩍 뒤로 물렀다.

"별생각 안 했어. 왜?"

"너 이거 봤냐?"

제영은 손에 들고 있던 핸드폰을 내밀었다. 화면에서는 영상이 재생되고 있었다. 우리 학교는 아침 수업 전에 핸드폰을 걷는다. 아무래도 그때 안 낸 모양이었다. 나는 슬쩍 화면을 들여다보았다. 푸른색 커튼 앞에서 두 남자가 대화를 나누고 있었다.

"이거 요즘 엄청나게 잘나가는 채널이야. 채널명은 모두까기. 정치인, 연예인 할 것 없이 다 까기로 소문났어. 전에 박스 줍는 할머니 돕다가 칭찬 엄청 받은 청년이 있었는데 여기서 까고 들어가니까 다 연출이었더라고. 말도 둘이 얼마나 웃기게 하는지 뉴스 같은 건 안 봐도 된다니까."

나는 제영의 말을 건성으로 들으면서 고개를 끄덕였다.

"근데 더 대박인 건 뭔 줄 아냐? 이 모두까기가 우리 사촌 형이라는 말씀!"

별로 관심 없어 하는 걸 알면서도 제영이 왜 이러는지 나는 알고 있다. 제영은 아직도 내 걱정을 내려놓지 못한 거다. 그래서 관심을 끌 만한 걸로 계속 말을 걸어오는 것이다. 쾌활한 말투 아래에 나에 대한 걱정이 있음을 나는 아주 잘 알았다.

"제영아."

"응?"

"쓸데없는 소리 말고 너 오늘 나 좀 도와라."

"뭔데?"

"가보면 알아."

제영은 어리둥절한 표정을 지었고 나는 의미심장한 웃음을 지었다. 나는 조금 전 머릿속에 떠오른 생각을 곧장 이행하기로 했다. 그 일에 제영을 끌어들일 생각은 없었다. 다만 제영은 손재주가 좋다. 그 손재주를 잠깐만 빌리는 것이다.

학교가 끝나자마자 나는 제영을 끌고 집 근처에 있는 규모가 꽤 큰 문구점으로 향했다. 제영은 대체 무슨 일이냐며 계속 물어왔지만 나는 백문이 불여일견이라는 말로 대답을 대신했다. 사실 미리 제영이에게 말하면 하지 말라고 말릴까 봐 일부러 답을 미룬 것뿐이다.

우선 A3 사이즈의 흰 도화지를 두 장 샀다. 그리고 파란색과 빨간색 매직을 샀다. 풀은 집에 있을 것이다. 나는 뉴스에서 보았던 장면들을 생각하며 더 필요한 것은 없을지 생각해보았지만, 딱히 떠오르는 것은 없었다.

나는 제영을 데리고 집으로 갔다. 집 안으로 들어온 제영은 한여름에도 서늘하게 느껴지는 집 안을 여기저기 둘러보았다. 싱크대에 올려져 있는 컵라면 그릇을 보고 잔소리를 하려는 모습이 보이자, 일부러 바쁘게 방과 거실을 오가며 준비하는 척하는 걸로 피해버렸다.

"넌 일단 여기 앉아있어."

마지막으로 방에서 노트북을 가지고 나오면서 소파를 가리켰다. 그러고는 나는 바닥에 앉아 소파 앞 테이블에 노트북을 놓고 전원을 켰다. 한글 프로그램을 열자 궁금하다는 듯 제영이가 내 뒤로 왔다. 나는 굳이 막지 않았다. 내가 초안을 작성하면 글씨를 잘 쓰는 제영이에게 A3용지에 매직으로 커다랗게 써달라고 부탁할 예정이었다. 그렇게 되면 제영은 어차피내가 무슨 일을 벌이려는지 금방 알 터이니 말이다.

　나는 키보드를 두드리기 시작했다. 어느 정도는 내 머리에이미 들어있었다.

우리 엄마는 자살하지 않았다!

우리 엄마는 은파시가 죽였다!

시민 여러분, 저의 억울한 사정을 들어주시고 관심을 보여주시기 바랍니다. 저희 엄마는 21년간 시청의 아주 성실한 공무원으로 살아왔습니다. 그런데 이번 고양이 열병 전염이 시작되자 해당 팀으로 발령이 났습니다. 고양이를 포획하는 팀이었습니다. 그게 문제는 아닙니다. 공무원으로서 당연히 필요한 업무에 발령이 나면 최선을 다해 일을 해야 합니다. 업무에 들어간 저희 엄마는 열심히 일했습니다. 그리고 알게 되었습니다. 포획된 고양이를 살처분하는 과정에서 비인도적인 일이 벌어지고 있다는 걸 말입니다. 바로 고양이를 생매장하는 것이었습니다. 엄마는 항의했습니다. 다행히 의견이 받아들여져서 고양이를 안락사시키는 방식으로 바뀌었습니다. 그런데 엄마를 칭찬하는 사람은 없었습니다. 대신 엄마는 더욱 힘든 일을 하는 살처분팀으로 발령이 났습니다. 명백한 보복 발령이었습니다. 살처분팀에서 일하던 엄마는 결국 죄책감을 이기지 못하고 자살하였습니다.

여러분 이게 자살일까요? 왜 엄마는 살처분팀으로 옮겨져야 했을까요?

거기까지 입력했을 때 뒤쪽이 조용하다는 것을 깨달았다. 나는 뒤를 돌아보았다. 눈을 휘둥그렇게 뜬 제영이가 입을 벌린 채 눈만 껌벅이고 있었다. 내 시선을 느꼈는지 제영이 황황히 나에게로 시선을 옮겼다.

"이걸로… 뭘 하려고?"

"시위."

"뭐?"

나는 제영을 똑바로 보았다. 그리고 스스로 다짐을 하듯 굳은 어조로 말했다.

"1인 시위를 할 거야."

제영이의 눈은 정말이지 튀어나올 것만 같아졌다. 예상치도 못한 일인 모양이다. 나는 더 이상 설명하는 것을 관두고 다시 컴퓨터 앞에 앉아 키보드 위에 손을 올렸다. 내용을 더 길게 쓸 생각은 없었다. 내용이 길면 글자가 작아지고, 그러면 지나가는 사람들의 시선을 더 잡을 수 없을 터였다. 남은 건 마무리였다. 마무리를 어떻게 해야 할지 고민되었다.

제영이 말리듯 내 어깨를 잡아당겼다.

"그거 한다고 사람들이 관심이나 줄 줄 알아? 중학생 꼬맹이가 하는 말을 누가 들어줄 거 같냐고?"

"들어줄 때까지 할 거야. 사람들이 다 볼 때까지 포기하지 않을 거야. 우리 엄마를 그렇게 만든 사람들도 보게 만들 거야. 그럼 그 사람들은 어떨까? 마음이 불편하겠지, 사람이라면?"

하아, 하고 제영은 한숨을 쉬었다.

"그렇게 해서 네가 얻을 게 뭔데?"

나는 곧장 대답하지 못했다. 처음부터 뭘 얻으려고 한 건 아니었다. 하지만 제영의 그 질문으로 내가 이 피켓의 마지막 문장을 뭘로 해야 할지를 깨달았다. 내가 얻어내고 싶은 건 단 하나였다.

우리 엄마가 왜 죽어야만 했는지 알려주세요.

"혹시 운이 좋으면 기자들이 관심을 가질지도 몰라."

나는 굵은 사인펜을 제영이에게 내밀면서 말했다.

"나보고 이거 쓰라고?"

"넌 글씨 잘 쓰잖아. 개발새발인 내 글씨로 쓰면 하늘에 계신 엄마도 알아보지 못하실 거다."

나는 농담을 하며 부탁한다는 듯 제영의 어깨를 주물렀다. 사인펜을 받는 제영의 얼굴에 걱정이 가득했다.

"써주는 거야 일도 아니지만… 정말로 괜찮겠냐?"

"괜찮아."

"끌려 나갈지도 몰라."

"괜찮아."

"학교로 연락이 갈지도 몰라."

"괜찮아."

"잘 모르긴 하지만 벌금이 나오거나 구금이 될 수도 있어."

그 문제는 이미 확인했다. 모든 1인 시위는 합법이었다. 그들은 나를 끌어낼 수 없을 것이고 구금하거나 벌금을 부과하지도 못할 것이다. 고작 해봐야 학교에 연락하는 것이 전부일 것이다. 하지만 학교에서도 나를 처벌하지는 못할 것이다. 그저 결석일 수에 하루를 추가할 뿐.

"나는 이제 엄마도 아무것도 없어. 두렵지 않아."

제영이 내 눈을 한참이나 응시했다. 나도 녀석의 눈을 피하지 않았다. 내 눈빛에서 더 이상 설득이 되지 않으리라는 것을 깨달았는지 제영은 사인펜의 뚜껑을 열었다.

"일필휘지로 써주지."

"고맙다."

나는 '우리 엄마는 자살하지 않았다!'와 '우리 엄마는 은파시가 죽였다!'라는 글씨를 가장 눈에 띄게 빨간색으로 정중앙 상단에 써달라고 부탁했다. 제영은 공들여 두 문장을 적고 몇 번씩 덧칠해 글자를 굵게 만들었다. 그리고 그 아래 내용은 검은색 펜으로 적고 마지막 문장인 '우리 엄마가 왜 죽어야만 했는지 알려주세요'를 파란색 펜으로 적어달라고 했다.

제영이 글씨를 적는 동안 나는 판을 만들기로 했다. 그냥 도화지만으로는 쉽게 구겨지거나 자칫 찢겨질 게 뻔했다. 나는 팬트리로 들어갔다. 거기에는 엄마가 모아놓은 각종 사이즈의 박스가 있었다. 택배를 보낼 때 사용하려고 버리지 않고 모아두었던 것들이다. 정확히 A3 사이즈에 맞는 박스는 없었으므로 나는 이것저것 적당한 사이즈의 박스들을 끌고 나왔다. 그리고 그것들을 여기저기 자르고 붙여 A3용지 크기에 맞게 만들었다.

"다 썼다. 글씨 틀리게 쓸까 봐 엄청 걱정했네."

아팠던 모양인지 손을 탈탈 털며 제영이 내 쪽을 향해 쓴 것을 들어 보였다. 나는 엄지손가락을 척 올려 보이고는 새로운 A3용지를 내밀었다. 제영이 어리둥절한 얼굴로 나를 보았다.

"목에 걸어서 앞뒤에서 다 보이게 할 거야."

제영이 약간 절망하듯 고개를 위로 젖히며 한숨을 내쉬었지만, 나는 손을 양옆으로 쓱쓱 그으며 빨리 쓰라는 제스처를 했다. 제영은 다시 펜을 들고 A3용지로 뛰어들었다.

나는 제영이 써준 종이를 들어 다시금 확인했다. 자를 대고 쓴 듯 글자도 일렬로 정확히 적혀 있었고 틀린 글자도 없었다.

누가 보면 글씨를 써주는 업체에 맡긴 것처럼 보일 것 같기도 했다. 제영이 있어서 참 다행이라는 생각이 들었다.

나는 혹시라도 찢어질세라 종이를 조심스럽게 가져와 박스로 이어붙인 판에 그것을 뒤집어 올렸다. 뒷면에 풀칠을 몇 번이고 했다. 거의 전면에 풀을 다 바른 다음 다시 조심히 뒤집어 판에 붙였다. 손으로 쓱쓱 쓸기도 하고 꾹꾹 누르기도 해 떨어지지 않도록 신경 썼다.

"어때?"

나는 그것을 들고 벽으로 가서 선 뒤 제영이에게 물었다. 한참이나 심취해 글을 쓰던 제영은 무덤덤한 얼굴로 엄지를 들어 올렸다.

"딱 뉴스에서 본 각."

"오케이."

나는 제영이 쓴 두 번째 용지도 또 다른 판에 붙였다. 그러고는 박스로 만든 판 두 개의 상단 양쪽에 구멍을 뚫고 노끈으로 연결했다. 내 어깨의 길이만큼 노끈을 남겨두고 묶었다. 나는 노끈 사이에 머리를 넣었다. 내 배와 등에 항의문이 적힌 판이 걸렸다.

제영이 돌아갔다. 이상하게도 시간이 천근만근 더디게 갔다. 나는 엄마의 방으로 갔다. 그러고는 화장대 서랍에 넣어둔 엄마의 다이어리를 꺼냈다. 엄마의 글자들이 나를 안아주듯 눈으로 들어왔다. 나는 엄마의 일정을 확인했다. 오늘 엄마는 포획기 출납 보고서와 가스기 안전 보고서를 올려야 했다. 만약 살아있었다면 말이다. 가슴 한구석을 얼음 칼이 날카롭게 긁고 지나갔다.

내가 오늘 한 일들과 이제부터 할 일들을 만약 엄마가 보고 있다면 뭐라고 할까. 쓸데없는 짓 말고 공부나 해! 하는 소리가 귓전을 울리는 것 같았다. 나는 늘 양발을 약간 벌리고 서서 팔짱을 낀 뒤 이것저것 지시하는 엄마를 보고 '장군감'이라고 놀렸다. 장군 같던 그 모습이 눈앞에 선했다. 나는 살짝 웃었고, 곧 웃음이 걷혔다. 떠올릴수록 엄마가 돌아가셨다는 사실이 더욱 가슴을 파고들었다.

그날 밤은 잠이 잘 오지 않았다.

다음 날, 그 어느 때보다 일찍 일어났다. 알람이 아직 울리지도 않은 시각이었다. 그러나 나는 서둘러야 했다. 시청 직원들이 출근하는 시간보다 일찍 가서 자리를 잡아야 했다. 조금이라도 더 많은 사람이 내 피켓을 봐야 한다.

오늘 무슨 일이 벌어질지 나는 약간 두려워지기 시작했다. 어제까지만 해도 당당히 말하던 내가 이런다는 것을 알면 제영이 얼마나 비웃을지 눈앞에 훤했다. 나는 숨을 크게 들이켜며 집 밖으로 나섰다. 피켓을 소중히 품에 안은 채였다.

직장인들의 출근 시간과 딱 맞아떨어진 바람에 지하철에서는 박스로 만든 피켓이 구겨질 뻔했다. 사람들이 우르르 내릴 때는 인파에 휩쓸려 따라 내릴 뻔하기도 했다. 사람들이 피켓을 흘깃거렸으며, 귀찮아하기도 했다. 그게 뭐냐고 묻는 사람도 있었다.

그렇게 시청 앞에 도착했다. 나는 피켓을 목에 걸었다.

2

시청 앞은 평화로웠다. 시청 직원들은 출근을 하기 위해 걸음을 빨리했고, 시청 앞 광장에는 강아지를 데리고 산책을 나온 사람도 있었다. 광장에 만들어놓은 거대한 조형 작품이 깨끗하게 관리되어 있었다. 광장 중앙 바닥에서는 분수가 솟구치고 있었고, 그 위를 어린아이가 뛰어다니며 해맑은 웃음을 지었다.

사람들은 나를 기묘한 어떤 것을 보는 듯한 눈으로 쳐다보며 스쳐 지나갔다. 걸음을 멈추고 내 피켓에 적혀 있는 문구를 보는 사람은 없었다. 나는 손목에 차고 있는 스마트워치로 시간을 확인했다. 아직 8시 45분밖에 되지 않았다.

그때 조금 떨어진 곳에서 익숙한 사람이 뒤뚱거리며 달려오는 것이 보였다. 성호 아저씨였다. 그는 나를 봐서는 안 될 곳에서 마주친 것 같은 얼굴로 쳐다보며 말을 걸었다.

"지, 지금 여기서 뭘 하는 거야?"

딱히 내 대답을 기다린 것은 아닌지, 아저씨는 곧장 피켓에 적혀 있는 문구를 읽었다. 안 그래도 인상을 쓴 아저씨의 얼굴이 더욱 일그러졌다.

"이거 뭐야?"

"보시는 그대로예요."

"대체 뭘 항의한다는 거야! 인숙 씨는 자살한 거잖아."

인숙 씨. 엄마의 이름을 다른 사람의 입으로 참 오랜만에 들었다. 상황과는 맞지 않게 엄마에 대한 그리움이 물씬 가슴을 울렸다. 나는 아저씨를 보았다. 그러고는 똑똑히 말했다.

"그냥 자살하는 사람은 없어요."

"내가 한 말 때문이구나."

아저씨는 깊은 한숨을 내쉬면서 이마를 짚었다. '괘씸죄'에 대한 말을 괜히 했다고 후회하고 있는지도 몰랐다. 아저씨는 고개를 내저었다.

"이러면 내가 곤란해."

"아저씨 이름을 언급하는 일은 없을 거예요."

그렇게 말했지만, 아저씨는 그다지 안심하는 기색은 아니었다. 들어가지도 못하고, 그렇다고 계속 내 옆에 서 있을 수도 없는지 안절부절못하며 지나가는 사람들의 눈치를 보았다. 나는 고집스럽게 앞을 응시하며 사람들의 시선을 묵묵히 받았다. 아저씨는 몇 번 더 갈팡질팡하는 기색을 보이더니 한숨을 쉬고는 건물 안으로 들어갔다.

50대 정도로 보이는 남자가 건물 뒤편에서 나와 내 쪽으로 곧장 다가오는 것이 보였다. 흰 셔츠에 검은색 조끼를 입고 있었다. 이곳의 경비를 맡고 있는 사람인 것은 복장을 통해 바로 알았다. 설마 날 끌어내려는 건 아니겠지. 걱정과 함께 땅을 딛고 있는 두 다리에 더욱 힘을 주었다. 예상대로 남자는 내 바로 앞까지 왔다.

키는 작지만 덩치가 좋은 사람이었다. 만지면 단단할 것 같은 근육이 어깨부터 팔꿈치까지 불끈 내려와 있었다. 햇볕에 그을린 얼굴이 강인해 보였다. 남자가 잡아끌면 나 정도는 얼마든지 시청 밖으로 집어 던질 수 있으리라. 나는 미리 찾아보았던 1인 시위의 정당성을 다시 한번 머릿속으로 되뇌었다. 내쫓으려고 하면 그대로 읊어줄 생각이었다.

"학생!"

경비원은 내 머리부터 발끝까지 훑어보며 말했다. 나는 그를 보는 것으로 대답을 대신했다.

그는 팔을 뻗어 내 등에 자신의 손을 부드럽게 갖다 대었다.

"밖으로 나가지."

"1인 시위는 법적으로 인정되어 있어요!"

경비원은 눈도 깜짝하지 않았다.

"알아. 그러니까 정문 가서 하라고."

어리둥절한 얼굴로 경비원을 보았다. 한참 뒤에야 그 뜻을 이해할 수 있었다. 시청은 건물 앞의 광장을 포함한다. 그러니 건물 앞이 아니라 광장 밖의 정문으로 나가 시위를 해야 한다는 뜻이었다. 그 말에 반박할 거리를 찾지 못했다. 나는 주저하다가 말했다.

"시장님을 뵙게 해주세요."

"약속했니?"

나는 고개를 저었다.

"시장님은 그렇게 한가한 분이 아니야. 약속하고 오지 않으면 만날 수 없어."

"그럼 약속을 정해주세요."

"그런 건 시장 비서실로 전화를 해서 하렴."

말끝에 경비원의 입꼬리가 슬쩍 올라갔다. 그렇게 해봐야 중학생 따위가 시장과 약속을 잡을 수 없다는 것을 알고 있는 비웃음이었다. 나는 화가 났지만 달리 방법이 생각나지 않았다.

"정문에 나가서 하면 된단 말이죠? 하루 종일 시위할 겁니다."

"그러렴."

그는 아주 느긋하게 말했다.

나는 피켓을 걸친 채로 시청 앞 광장을 지나 정문 앞으로 갔다. 광장 옆으로는 '시민들의 시청을 만들겠습니다'라고 커다랗게 적힌 현수막이 걸려 있었다. 시위하는 시민은 광장 안으로 들어갈 수 없다니! 나는 도무지 이해할 수 없었다.

정문 앞으로 가 피켓을 들고 당당히 섰다. 출근 시간이 지나서인지 사람이 많지 않았다. 이따금 지나가는 사람들이 흘깃거리며 지나갔고, 아주머니 한 분은 가만히 서서 내용을 읽기는 했지만 어떠한 말도 해주지 않았다.

한 시간이 지나갔다.

내 인생에 그렇게 긴 한 시간은 처음이었다. 아무것도 하지 않고 똑바로 정면을 보고 서 있는 일은 쉬운 일이 아니었다. 게다가 태양은 나를 태울 듯이 이글거리며 열을 뿜어냈다.

땀이 계속 목덜미를 타고 흘렀다. 점심시간에 이르러서는 거의 온몸이 땀으로 젖었다고 해도 과언이 아니었다. 혹시 성호 아저씨가 나오지 않을까 생각했지만 그런 일은 일어나지 않았다. 시청 직원들이 점심을 먹으러 나가고 다시 들어오는 동안에도 나는 자리를 떠나지 않았다. 한 명이라도 더 많은 사람이 내 사정을 들어주길 원했다. 그리고 나를 시청 안으로 들어가지 못하게 하는 어떤 힘에 물러서지 않는다는 것을 보여주고 싶었다.

오후 2시가 지났을 무렵부터 배가 몹시 고팠다. 시원한 물도 마시고 싶었다. 길 건너편의 편의점이 눈길을 끌었다. 잠깐 고민하다가 나는 길을 건너 편의점으로 향했다. 피켓을 어깨에 걸친 채로 들어갔지만 카운터를 지키고 있는 아저씨는 웬일인지 나를 이상하게 보거나 놀라지 않았다.

나는 크림빵 한 개와 비타민 워터를 골라 계산대로 가지고 갔다. 아저씨는 무뚝뚝한 얼굴로 바코드를 찍다가 내 피켓의 내용을 슬쩍 보았다.

"삼천칠백 원입니다."

나는 주머니에서 지갑을 꺼내 카드를 내밀었다. 아저씨는 카드를 받아 계산을 하면서 중얼거리듯 이야기했다.

"어차피 소용없을 거다."

"네?"

"그거."

아저씨는 턱으로 내 피켓을 가리켰다.

"여기 그런 거 들고 오는 사람이 한두 명인 줄 아니? 억울하게 보조금 대상에서 탈락한 사람, 용역계약 해지를 당한 회사 사장, 일하다가 교통사고로 죽은 환경미화원 가족…. 내가 여기서 시위하는 사람 여럿 봤지만 시청 안으로 들어가 시장을 만난 사람은 없었다. 계속 시위하다가 결국 지쳐서 그만두더라."

나는 그만두지 않을 거라고 말하고 싶었다. 시장이, 혹은 책임자가 직접 나를 만나러 나올 때까지 계속, 계속 나올 거라고 말하고 싶었다. 그러나 입이 열리지 않았다. 아침부터 지금까지 서 있는 것만 해도 녹록지 않았기 때문이다.

나는 빵과 음료를 들고 밖으로 나왔다. 시청 정문 앞에 다시 자리를 잡았다. 선 채로 음료수와 빵을 먹으면서 또다시 지겨운 시간을 견뎠다. 하늘을 올려다보았다. 쨍한 태양이 내 머리 위에 올라앉아 있었다. 나는 그늘이 있는 시청 본관 건물 앞에서 그들이 나를 왜 쫓아냈는지 뒤늦게서야 이해했다. 내 분노가 이 괴로움에 질까 봐 두려운 마음이 덜컥 들었다.

그날 6시 무렵 시청 직원들의 대다수가 퇴근하는 시간까지 나는 제자리에 서 있었다. 비싸 보이는 검은 차들이 도로에 합류해 나갔다. 그 차들 사이에 시장이 있을 것 같았지만 나는 어느 차인지 알 수가 없었고, 나를 발견하고 멈춰서는 차도 없었다.

7시 30분, 그제야 나는 피켓을 내 어깨에서 떼어냈다. 피켓을 옆에 끼고 걷기 시작했다. 버스를 탔고 한참을 달리다 눈에 익은 광경이 있는 곳에서 내렸다. 나는 몹시 지쳐 있었고, 어차피 대화를 나눌 상대조차 없었지만 입술이 맞붙어 떨어지지 않았다.

힘겹게 엘리베이터에 몸을 싣고 현관문 앞까지 갔다. 비밀번호를 누르고 어둠이 쏟아지는 집 안으로 들어갔다. 신발을 대충 벗어두고 곧장 소파에 쓰러지듯 누웠다. 온몸이 땀으로 찐득하고, 배도 고팠지만 손가락 하나 까닥할 기운이 없었다.

"빨리 씻고 와. 밥 차려놓을 테니까."

엄마의 목소리가 들리는 것 같았다. 나는 다시 한번 환청이 들려와 주길 바라면서 눈을 감았다. 제영이에게서 전화가 왔지만 받지 않았다. 나는 그대로 까무룩 잠에 빠져들었다.

다음 날 아침이 되자 어느 정도 기운이 돌아왔다. 나는 화장실로 들어가 찬물로 샤워를 한 다음 거실로 나와 주방으로 들어갔다. 냉장고에는 여전히 상한 음식들로 가득했다. 그래도 달걀은 멀쩡하지 않을까 싶었다. 두 개를 꺼내 프라이를 했다. 나는 밥을 지었다. 다행히 그 정도는 할 줄 알았다. 종종 야근을 했던 엄마는 내게 밥 짓는 방법을 가르쳤다. 쌀을 씻어 밥솥에 넣고 버튼만 누르면 되니 어려운 일이 아니었다. 밥이 다 될 때까지 기다렸다가 뜨끈한 밥에 미리 만들어놓은 프라이를 얹었다. 그 위에 간장을 뿌리고 싹싹 비볐다. 나는 한 숟가락을 크게 떠 입에 넣었다. 그리고 꼭꼭 씹었다. 얹히지 않게 물도 마셔가며 그야말로 열심히 밥을 먹었다.

절대 지지 않을 거다.

그 생각만이 머릿속에 가득했다.

나는 다시 피켓을 목에 걸고 시청 광장 앞 정문으로 향했다. 올 들어 최고 기온을 경신할 거라는 기사가 좌절케 했지만, 나를 포기시키지는 못했다. 나는 어제보다 더 확고한 기운으로 정면을 응시하고 선 채로 지나가는 사람들의 시선을 견뎌냈다.

"민우야!"

성호 아저씨였다. 나는 부드럽게 웃으며 말했다.

"아저씨, 저 걱정하지 말고 들어가세요. 저 괜찮아요. 아저씨 원망도 안 하고요."

"이 녀석아, 내가 일이 손에 안 잡혀. 내가 어떻게든 방법을 찾아볼 테니까 집으로 돌아가, 응?"

순간 마음이 흔들렸다. 시청 직원인 아저씨라면 시장이나 책임자와 만나게 해줄 수 있을 것도 같았다. 하지만 나는 다시 마음을 고쳐먹었다. 그게 가능할 일이었으면 아저씨는 진작 해주었을 것이다.

내가 묵묵히 정면을 바라보고 있자 아저씨가 다시 입을 열었다.

"학교는?"

나는 아저씨를 보았다.

"학교에 가서 새로운 공식을 배우는 것보다 엄마가 왜 죽어야만 했는지를 아는 게 저한테는 더 중요해요."

아저씨는 푹 한숨을 내쉬었다. 그때였다. 뒤쪽에서 다가온 한 남자가 우리 옆에 서서 어물쩍거리는 것이 보였다. 나와 아저씨가 동시에 그쪽을 보았다. 20대, 어쩌면 30대 초반일지도 모르겠다. 젊은 남자가 나를 향해 미소 지으며 서 있었다. 서류 가방 같은 것을 들고 있었고, 스포티한 정장에 운동화를 신고 있었다. 상당히 마른 편이었으며 그에 어울리게 얼굴도 작았다. 피부는 하얀 편이었는데 입가에 큰 점이 있었다.

"교복을 입은 걸 보니 은파중학교 학생이구나. 무슨 억울한 일이 있어서 여기 서 있니?"

그는 그렇게 말하며 동시에 주머니에서 네모난 종이를 꺼내 내게 내밀었다. 명함이었다. '성민일보 기자 최현태'라고 적혀 있었고 그 아래에는 직통이 가능한 사무실 전화번호와 핸드폰 번호가 있었다. 성민일보라면 나도 아는 꽤 유명한 신문사였다.

"제 얘기를 신문에 실어주실 건가요?"

나는 머리가 확 트이는 기분이 들었다. 신문에 엄마의 억울한 죽음이 실린다면 이야기가 달라진다. 나 혼자 피켓을 들고 있는 것과는 비교도 안 될 효과가 날 것이다. 사람들은 시청을 비난할 것이고 시장이나 인사 담당자는 사과를 해야 할지도 모른다. 그러면 두 번 다시 엄마 같은 사람이 나오지 않을 것이다.

머릿속에서 그런 상상들이 빠르게 돌아갔다. 나는 무심결에 옆으로 고개를 돌렸다. 어제의 그 경비원이 나무 하나를 사이에 두고 서 있었다. 언제부터 거기 있었는지 알 수 없었다. 그는 어딘가로 전화를 걸고 있었다. 뭔가 불길한 예감이 들어 나는 얼른 명함을 받으려 손을 뻗었다. 그러나 내 손과 기자의 손 사이로 끼어드는 또 다른 손 때문에 나는 명함을 받지 못했다. 고개를 들어보니 아까의 그 경비원이었다. 그는 엄중한 얼굴로 나와 기자를 번갈아 보았다. 옆에 서 있던 성호 아저씨는 당황하여 어쩔 줄 모르고 있었다.

"무슨 일이시죠? 저는 이 학생에게 볼일이 있는데요."

기자가 가벼운 어조로 말했다. 나는 안심했다. 드디어 나를 도와주는 어른이 생긴 것 같은 기분이 들었다. 기자는 주변을 둘러보면서 말을 이었다.

"여기는 시청 밖이고, 저는 기자로 자유롭게 이 학생과 인터뷰를 하려는 것인데, 왜 시청에서 제재를 하시는 거죠?"

경비원이 표정 변화 없이 무뚝뚝하게 말했다.

"제재가 아닙니다."

경비원은 명함을 기자에게 돌려주었다. 그는 곧장 내게로 고개를 돌렸다.

"시장님이 만나보기를 청하셨다."

나는 눈을 크게 떴다. 가슴이 벅찼다. 내 노력 때문이 아니란 건 알고 있었다. 기자를 만나 엉뚱한 얘기가 신문 기사로 나갈까 봐 미연에 방지하려는 것이 분명했다. 여하튼 시장을 만날 기회를 얻었다.

"당연히 만나 봬야죠!"

내가 대답하자 경비원이 앞장서 걸었다. 나는 그 뒤를 따라 걷다가 걸음을 멈추고 있던 자리로 다시 뛰어갔다. 그러고는 기자의 손에 들려 있는 명함을 받았다. 기자가 슬쩍 웃었다. 경비원이 못마땅한 얼굴로 이쪽을 보고 있었다.

3

시청 건물은 8층까지 있었고 시장실은 3층에 자리하고 있었다. 기획예산과, 총무과, 부시장실을 거쳐 시장실이 나오는 동안 복도에는 소음이 하나도 들리지 않았다. 걷는 동안 옆을 보니 나가는 문이 있었다. 창을 통해 밖을 내다보았다. 그늘막이 설치된 발코니에는 잘 가꾸어진 화단과 휴식을 취할 수 있는 벤치가 놓여 있었다. 밖으로 보이는 하늘은 파랗고 맑았다. 다른 층들에도 이런 화단이 조성되어 있을 것 같지는 않았다.

"뭐 하고 있니?"

얼굴이 갸름하고 길게 째진 눈의 남자가 나를 재촉했다. 경비원이 시장실에서 나를 찾는다는 이야기를 한 후, 이 사람이 시청 건물 입구까지 나와 나를 데리고 들어갔다. 시장 비서라고 했다. 명함을 주거나 자신의 이름을 밝히지는 않았다. 나는 얼른 발걸음을 서둘러 남자의 뒤를 따랐다.

시장실이라는 팻말이 붙은 사무실 앞에서 걸음을 멈춘 시장 비서는 내가 바짝 다가오기까지 잠깐 기다렸다. 내가 바로 뒤에 선 후에야 그는 시장실의 문을 두 번 노크했다.

"네."

돌아온 목소리는 날카롭지만 무게감 있게 들렸다. 나는 왠지 긴장되어 나도 모르게 숨을 크게 들이켰다. 그제야 지금 내가 무엇을 하고 있는지 확실하게 느껴졌다. 고작 중학생인 내가 한 도시를 책임지고 있는 시장을 만나러 온 것이다. TV 드라마에서 본 여러 시장이나 국회의원들의 모습이 떠올랐다. 대부분 비열하고 윤리의식이라곤 없는 무서운 사람들이었다. 그러나 나는 두려운 마음을 없앴다. 어차피 그건 TV 드라마의 극화된 모습일 뿐이다. 시장은 시민들이 뽑아준 사람이고, 이곳에 오는 동안에도 '열려있는 시정'이라는 글자를 몇 번이나 보지 않았는가.

안에서 나온 대답을 들은 후 비서가 문을 열었다. 시장실은 상당히 넓었다. 문을 열자마자 테이블과 의자들이 길게 늘어서 있었다. 회의를 하거나 민원인들을 대할 때 앉는 의자인 듯했다. 그 테이블을 마주 보고 있는 자리에 시장의 책상이 있었다. 위압감을 줄 정도의 두껍고 커다란 원목 책상 위에는 최신 모니터가 올려져 있었다. 시장은 우리가 들어왔음을 알면서도 뭔가 타이핑을 멈추지 않았다. 비서가 나를 향해 팔을 뻗었다. 안으로 들어오라는 모양이었다. 그 손짓을 따라 사무실 안으로 들어갔다. 비서는 나를 소파에 앉게 했다. 무슨 일을 그리 급하게 처리하는지 시장은 고개도 돌리지 않았다. 비서가 손바닥을 내보이며 잠깐 기다리라는 제스처를 했다. 문득 창밖을 보니 아까 복도에서 보았던 화단이 보였다. 그 너머로 은파시의 시내가 보였다. 고작 3층이지만 시청이 비교적 높은 지대에 있어서 가능한 전경이었다. 매일같이 은파 시내를 내려다보며 무슨 생각을 할까, 하는 궁금증이 들었다.

"시장님, 학생 데리고 왔습니다."

비서가 나직하고 조심스러운 목소리로 말하자 시장의 타이핑 하던 소리가 멈췄다. 시장은 고개를 들었다. 아, 하는 소리와 함께 의자 바퀴가 드르륵 구르는 소리가 들렸다. 시장이 일어난 것이다. 나는 긴장을 하며 어쩔 줄 몰라 하고 있다가 시장이 이쪽으로 오는 것이 보이자 나도 모르게 자리에서 일어났다.

왠지 그래야 할 것 같았다.

시장은 덩치가 크지는 않았다. 키도 172센티미터인 나보다 조금 작아 보였다. 배는 조금 나왔지만 뚱뚱하다는 느낌보다는 단단하다는 느낌이 강했다. 밋밋한 인상이었지만 눈빛만큼은 날카로웠다. 이쪽으로 다가오며 나를 향해 고개를 돌렸을 때 인상을 살짝 찡그린 것 같았다. 다시금 마음이 조여오는 것을 애써 억눌렀다.

"고등학생?"

시장은 자신이 돌보는 도시의 학교 교복까지는 알지 못하는 듯했다.

"중학생입니다."

내가 대답하기도 전에 비서가 허리를 숙이며 대답했다. 시장은 손을 들었다. 그러면서 나를 향해 턱을 살짝 들어 올렸다. 대답은 내가 하라는 모양이었다.

"몇 학년?"

"3학년이에…. 3학년입니다."

"3학년?"

하, 하고 시장은 짧은 웃음을 터뜨렸다.

"학교는?"

나는 얼른 대답하지 못했다. 입을 다물고 우물쭈물하고 있자 시장이 먼저 말했다.

"안 간 모양이군. 학생이 학교까지 안 가면서 할 시위가 뭔가, 그래?"

이곳으로 불려 오면서 적어도 시장이 출퇴근하는 동안 나를 봤을 거라는 생각을 했었다. 그러면 당연히 내가 무슨 이유로 여기에 서 있는지 정도는 들었을 거라고 예상했다. 하지만 그는 정말로 아무것도 모르는 얼굴이었다.

"그건 뭐지?"

내가 대답을 하기도 전에 시장은 턱짓으로 내 옆을 가리켰다. 내가 직접 만든 피켓을 말하는 거였다. 내가 그것을 들어 시장의 앞에 보이는 동안 그는 한쪽 엉덩이를 치켜들며 의자에 비스듬하게 기댔다. 내가 내려놓은 피켓을 그는 읽기 시작했다. 한참 만에 그가 고개를 들었다.

"엄마가 자살을 했는데, 그게 업무 때문이었다?"

나는 대답 대신 똑바로 그의 눈을 응시했다.

"경찰이 그렇게 말하던가?"

나는 아랫입술을 살짝 깨물었다.

"경찰에서는 유서가 없고 목격자의 진술이 확실해서 단순 자살로 결론지었어요."

"근데?"

"하지만 뒤늦게 엄마의 업무 다이어리를 봤어요. 엄마는 CIF 때문에 길고양이 포획을 맡았어요. 그런데 길고양이 처리 방법이 잘못된…."

"이 비서!"

시장이 내 말을 단호하게 잘랐다.

"이 학생 엄마가 누구야?"

"축산과 김인숙 씨 같습니다."

"거기 과장을 부르지."

"알겠습니다."

그는 곧장 사무실을 벗어났다. 나는 시장에게 더 자세한 이야기를 하고 싶었다. 그러나 내가 말하려 하자 시장은 손바닥을 보이며 더 말하지 말라는 제스처를 보였다. 뭔가 답답한 상황이었다. 일단 잠시 기다리고 있기로 했다. 비서가 다시 돌아오기까지는 한참이나 걸렸다. 사무실을 누르며 지나가는 침묵이 너무 무거워서 더욱 그렇게 느껴졌다. 실제로는 몇 분 정도 밖에 흐르지 않은 건지도 모른다.

비서와 함께 온 사람은 엄마와 같이 일하던 김중묵 과장이라고 했다.

"부르셨습니까, 시장님."

"이것 좀 보지."

시장은 피켓을 김중묵 과장에게로 넘겼다. 김중묵 과장은 빠른 눈길로 그것을 읽었다.

"말도 안 됩니다. 보복 발령이라뇨!"

김중묵 과장이 나를 구겨진 얼굴로 노려보았다. 나는 질 생각이 없었다.

"그렇다면 왜 더 힘든 살처분팀으로 옮기게 한 거죠?"

"살처분팀이 더 힘들다고 누가 그래? 시장님, 말도 안 되는 억지입니다. 실제로는 살처분팀보다 포획팀이 여성 직원에게는 더 힘든 팀입니다. 왜냐하면 산도 탈 일이 많고 살아있는 고양이를 포획하다 보니 다치는 일도 부지기수이기 때문입니다. 살처분팀은 그보다 더 힘을 쓸 일이 없는 팀으로…"

"하지만 저희 엄마는 동물을 사랑해서 그 작업이 너무 괴로

우셨을 거예요!"

과장의 목소리가 점점 높아졌고 더 이상 들을 수 없어 나도 말을 자르며 벌떡 일어섰다.

"그만, 그만."

시장이 앉은 채로 말했다. 그는 흥분되어 있지도 않았고, 우리의 말싸움에 끼어들 생각도 없어 보였다. 그는 김 과장을 향해 내 맞은편 의자를 가리켰다. 김 과장이 시장의 등 뒤를 빙 돌아 테이블 건너편에 앉았다. 나 역시도 주춤거리며 자리에 앉았다.

둘 다 자리에 앉고 사무실이 조용해지자 시장이 아주 느긋한 목소리로 입을 열었다.

"김 과장."

"네, 시장님."

"우리 은파 시청 공무원 중에 자기가 하고 싶은 일에 배속된 사람이 몇이나 되지?"

그 말을 듣자 김 과장의 입가가 슬쩍 올라가는 것을 나는 놓치지 않고 보았다. 김 과장이 대답했다.

"한 사람도 없는 걸로 알고 있습니다."

"그런데도 자네는 그 직원을 배려해 업무를 바꿔줬구만."

"그렇습니다."

"하지만!"

내가 소리쳤지만 시장이 나를 향해 홱 고개를 돌려서 나의 입을 막았다.

"그 일기장이라는 것에 업무가 힘들어서 자살을 하겠다고 적혀 있었나?"

"그건 아니지만…."

"아니면 일이 너무 힘들어서 죽고 싶다고라도 적혀 있었나?"

"그건 아니에요. 하지만 정말로 일을 힘들어하셨어요. 제가 가지고 오진 않았지만 시장님도 다이어리를 보신다면 아실 거예요. 제가 가져와서 보여드릴 수도 있어요. 그리고 엄마를 아는 시청 직원분께서 이야기하셨어요. 아마 괘씸죄로 발령을 냈을 거라고요. 엄마가 살처분하는 방식에 대해 항의했기 때문예요."

시장이 과장에게로 고개를 스윽 돌렸다. 시선은 바닥을 보고 있는 것 같았다.

"그런 일이 있었나?"

"아닙니다. 시장님도 아시겠지만 CIF는 워낙 갑자기 발병한 전염병이었습니다. 그래서 초창기에는 매뉴얼이 제대로 없었습니다. 살처분 방식이 바뀐 것은 저희가 작업을 하면서 문제가 있다, 네, 그렇게 입이 모여서 점점 방식을 바꾼 것입니다. 누구 한 사람의 주장이 아니었습니다."

"아니에요! 분명 괘씸죄라고⋯."

"그게 누군데?"

"그건⋯."

나는 대답을 하지 못했다. 성호 아저씨에게 폐를 끼칠 수는 없다. 시장은 흠, 하고 낮은 한숨을 쉬며 의자에 등을 깊이 묻었다. 그러고는 다시 등을 떼고 나를 향해 상체를 기울였을 때 아까의 날카로운 눈빛이 더욱 날이 서 있었다. 더 이상 날 호의적으로 대하지 않겠다는 선언처럼 보였다.

"누군지 말은 못 하지만 분명 괘씸죄라고 했다? 일기장에 적혀 있지는 않았지만 분명 엄마는 일이 힘들어서 자살했다? 학생이라면 이런 주장을 믿을 수 있겠나?"

나는 반박하지 못했다. 머릿속에 많은 생각이 휘몰아쳤지만 단 하나도 언어가 되어 내 입을 통과해 주지는 않았다. 시장의 말이 틀리지 않다는 것을 어쩌면 나 스스로도 알고 있어서 그런지 몰랐다.

"김 과장."

"네, 시장님."

"이 아이의 엄마에 대해서, 뭐 개인적으로 아는 것이 있나?"

아까 분명히 엄마의 이름을 들었으면서도, 시장은 기억을 하지 못했다. 김 과장은 잠깐 생각하고는 금세 입을 열었다.

"자세한 것은 모르지만 아들 하나를 혼자 키우고 있다고 들었습니다. 김인숙 씨 쪽으로 다른 가족도 없고요."

"부군은?"

김 과장은 나를 쓰윽 쳐다보았다. 그러고는 일어나 시장의 옆으로 갔다. 손날을 세워 입가를 가린 채로 시장의 귀에 뭔가를 속삭였다. 분명 아빠가 자살했다는 얘기를 하고 있음을 나는 알 수 있었다.

김 과장이 자기 자리로 돌아가자 시장은 음, 하면서 자세를 고쳐 앉았다.

"사람의 마음은 참 다양하지. 아직 어려서 모르겠지만 사람이 죽을 만큼 힘든 이유는 여러 가지로 있는 거야. 여자 홀몸으로 자식을 키우면서 사는 게 얼마나 힘든 일인지 너도 크면 알게 될 거다."

나는 순간적으로 이 사람이 무슨 소리를 하고 있는 건지 이해가 되지 않았다. 여태껏 그렇게 말했는데도, 엄마의 죽음을 단순한 생활의 힘듦 정도로 치부하려 하고 있었다. 내가 아무리 엄마가 업무 때문에 힘들었다고 말해도 이 사람들은 계속 이야기를 다른 쪽으로 돌릴 거라는 예감이 들었다. 그렇다면 백 번이라도 다시 얘기해 줄 수 있었다.

"다시 말씀드리지만, 엄마의 업무 다이어리에 적혀 있었어요. 일이 너무 힘들다고. 그리고 아는 분이 누군지 꼭 밝혀야 한다면 제가 그분께 여쭤보고⋯."

"너 말이야."

시장이 내 말을 끊었다.

"다른 사람은 괜찮아서 그 일을 한다고 생각해?"

"네?"

"네 엄마가 힘들어하면 다 바꿔줘야 하나? 공무원은 나라를 위해 일하겠다고 약속한 사람들이야. 힘들다고 피할 수 없는 일도 있다고. 네 엄마가 힘들어한다고 무조건 자리를 바꿔주면, 그럼 다른 사람은 힘든 일을 해도 상관없다고 생각하냐는 말이야!"

다시 말문이 막혔다. 엄마가 하기 힘든 일을 다른 사람에게 떠맡겨도 괜찮다고, 그렇게 생각하지는 않았다. 하지만…. 가슴이 꽉 조여왔다. 뭔가 불합리하다는 것을 알겠는데도 무슨 말로 그들의 방패를 뚫어야 할지 알지 못했다. 제대로 돌아가지 않는 내 머리가 원망스러웠다.

나를 도와주기라도 하듯 노크 소리가 들렸다.

시장이 대답하자 문을 열고 모습을 나타낸 것은 시장의 비서였다. 그는 시장을 향해 가볍게 묵례했다.

"오셨습니다."

"들어오시라고 하지."

나는 시장의 말에 반사적으로 뒤를 돌아보았다.

비서의 뒤를 따라 들어온 것은 작은아빠였다.

4

작은아빠는 정장을 잘 갖춰 입은 모습으로 시장실로 성큼 들어섰다. 어쩌면 출근하려던 길에 불려 온 걸지도 모른다. 시청에서 작은아빠의 연락처를 알 리가 없다. 내 교복을 보고 어느 학교인지 확인한 다음, 학교로 전화해 보호자의 연락처를 알아냈음이 틀림없다. 내 이야기를 들어주는 척하면서 뒤로는 다른 어른을 부른 것이다.

"어서 오세요."

시장이 앉은 자세로 반색하며 작은아빠를 맞이했다. 작은아빠는 소파 근처까지 와서 허리를 거의 90도로 숙여 인사를 했다. 상체를 일으키는 작은아빠와 시선이 마주쳤다. 아주 차가운 눈빛이었다.

"처음 뵙겠습니다. 송건영입니다."

"그러시군요. 저는 한무선 시장입니다. 만나서 반가워야 하는데 이것 참, 이런 자리라서 좀 그렇습니다."

시장은 자신이 재밌는 말이라도 했다고 생각하는지 껄껄 웃었다. 작은아빠가 어렴풋한 미소를 지었다. 예의상 지어내는 웃음이었다.

"앉으시죠."

작은아빠가 앉았고, 비서가 차를 들고 들어왔다.

"이 친구가 절 보자고 시청을 찾아왔더군요. 저 재밌는 것을 들고요."

시장이 눈짓으로 피켓을 가리키자 작은아빠가 그것을 보았다. 멀리 떨어져 있어도 맨 위의 두 문장만 봐도 무슨 내용인지 알게 분명했다. 나를 쳐다보는 작은아빠의 눈길이 싸늘해서 몸이 순간 움츠러들었다.

"요즘 애들 참 재밌습니다. 어디로 튈지 모른다니까요. 당당하기도 하고요. 안 그렇습니까?"

시장이 다시 한번 껄껄 웃자 작은아빠가 고개를 숙였다.

"죄송합니다. 애가 아직 어려서 여기가 어딘지도 모르고…."

이에 항변하듯이 말이 툭 나왔다.

"그런 거 아니에요!"

"넌 조용히 해라!"

작은아빠가 엄중한 얼굴로 나를 노려보았다. 나도 지지 않으려고 작은아빠를 힘껏 보았다. 작은아빠의 얼굴은 완강한 태도로 절대 여기서 날 도와주지도, 내 얘기를 들어주지도 않겠다고 말하고 있었다.

"이거 참, 이거 참."

시장이 굳은 분위기를 풀려는 듯 몸을 앞으로 내밀며 웃었다. 이 분위기를 만든 장본인이 자신이라는 걸 시장은 모르는 척하고 있었다.

"너무 꾸중하지 마시죠. 요즘 애들이 워낙 그렇지 않습니까? 앞뒤 사정이 어떤지 보지도 않고 피만 끓어서는….."

그제야 작은아빠가 나에게서 눈을 뗐다. 작은아빠는 시장의 말에 비굴한 태도로 묵례를 했다. 큰 실례라도 했다는 듯한 몸짓이었다.

시장이 말을 이었다.

"애들이 하는 잘못이야 모두 어른들 잘못 아니겠습니까? 아이가 뭔가 오해한 거 같은데 저희끼리 잠깐 이야기하시죠."

나는 이해할 수 없었다. 이야기를 들어보자 했던 것은 나였다. 엄마를 잃은 것도 나였다. 그런데 내가 중학생이라는 이유로 날 상대하지 않겠다는 이야기였다. 나는 항의를 하려고 입을 벙긋댔지만 작은아빠가 다시 엄중한 얼굴로 나를 보자, 입을 다물 수밖에 없었다. 묵직한 덩어리가 가슴에 얹힌 것처럼 답답했다.

"넌 잠깐 나가 있어라."

"작은아빠!"

"나가 있으래도!"

작은아빠가 목소리를 높였다. 시장이 어딘가로 눈짓을 하자 비서가 내 옆으로 다가왔다. 그는 내 팔을 잡았다. 억지로 일으키려는 것은 아니지만 좋게 나가자는 말을 표정으로 대신했다. 나는 주변을 돌아보았다. 시장, 담당과장, 작은아빠, 비서. 이 사무실에 있는 모두가 날 불청객 취급하고 있었다. 내가 들고 온 문제는 내 어머니의 죽음이었다. 그런데도 그 문제를 이야기하는 데서 나는 빠져야 했다. 단지 내가 중학생이라는 이유로 어머니가 왜 죽음을 택했는지 궁금해해서는 안 된다고 말하고 있었다.

"가지."

기다리다 못한 비서가 말했다. 나는 더 이상 여기서 내가 할 수 있는 게 없음을 깨달았다. 일어나서 피켓을 꾹 잡아 들었다. 그러고는 다시 작은아빠와 시장을 보았다. 나 나름대로는 또다시 오겠다는 것을 보여준 것이었다. 작은아빠의 미간이 살짝 구겨졌지만 나에게 뭐라고 하지는 않았다.

나는 비서를 따라 엘리베이터 앞까지 갔다. 하향 버튼을 누르자 잠시 뒤 문이 열렸다. 비서는 내가 엘리베이터에 타기까지 버튼을 누른 채로 기다렸다.

"휴게실은 1층이다. 거기서 기다리면 네 작은아빠라는 분이 내려오실 거다."

나는 대답 없이 서 있었다. 잠시 후 문이 스르르 닫혔다. 그사이 나는 비서에게 다가오는 어떤 사람의 모습을 보았다. 분명히 아까의 경비원이었다. 나는 1층 버튼을 누르지 않았다. 잠시 기다린 뒤 열림 버튼을 눌렀다. 비서와 경비원은 어느새 모습을 감추고 없었다. 문이 닫히던 순간에 본 경비원의 얼굴이 마음에 걸렸다. 뭔가 큰 잘못을 하고 처분을 기다리고 있는 듯한 모습이었다.

나는 발소리를 죽이고 복도로 다시 돌아갔다. 복도에는 아무도 없었다. 어느 쪽으로 가야 할까. 망설이고 있는 사이 어디선가 약한 웅성거림이 들려왔다. 계단 쪽이라는 것을 알 수 있었다. 조심스레 그쪽으로 다가갔다. 벽에 몸을 숨긴 채 머리만 빼내 계단 쪽을 내려다보자 반 층 아래에 비서와 경비원이 마주 보고 서 있는 것이 보였다.

비서가 경비원의 정강이를 걷어찼다.

"이 정도 일 처리 하나 제대로 못 해서 시장님이 나서게 해?"

"죄송합니다."

경비원은 악 소리도 지르지 못했다. 비서가 주변을 둘러봐서 나는 벽 뒤로 완전히 몸을 숨겼다. 그래도 소리는 들을 수 있었다.

"내년 지방 선거 때문에 예민해 계신 거 몰라? 별것도 아닌 일이 커지면 네가 책임질래?"

"죄송합니다."

나는 시장이 내 억울한 감정을 걱정해 풀어주려 한다고는 생각지 않았다. 하지만 이런 이유로 날 불렀다고도 생각지 못했다. 내가 어떤 억울함을 가졌는지는 애초에 아무 관심이 없었다. 그들은 자신의 안위에 내가 조그마한 걸림돌이라도 될까 봐 걱정하고 있었다.

아랫입술을 질끈 깨물었다.

그때 나직한 목소리가 들렸다.

"그거 알려지면 다 끝장인 거 알지?"

순간 나도 모르게 조금 움직인 모양이었다. 운동화가 바닥에 짓이겨져 삐걱하는 소리를 내었다. 두 사람의 목소리가 끊어졌다. 나는 두 사람이 계단을 오르는 소리를 듣고 다급히 뛰어가 엘리베이터를 탔다. 다행히 두 사람에게 들키지는 않았다.

그들이 말하는, 알려지면 다 끝장나는 '그것'은 무엇일까. 엄마의 업무 배치를 보복성을 갖고 한 일을 두고 말하는 건지도 모른다. 1층으로 내려가면서 나는 생각했다. 저들은 나를 불편해하고 있다. 내가 알고 있고 짐작하고 있는 것들이 세상에 알려지면 곤란해진다고 말이다.

그건 내가 지금 제대로 가고 있다는 얘기다.

휴게실로 내려갔다. 휴게실이라고 해봐야 음료수와 커피 자판기가 서 있고 테이블 몇 개가 놓인 것이 다였다. 한 테이블에만 중년의 아주머니로 보이는 세 명이 앉아 뭔가 얘기를 하고 있었고, 나머지 테이블은 텅 비어 있었다. 출입구에서 제일 가까운 테이블로 갔다. 내가 자리에 앉기까지 테이블 앞에 앉아 대화를 나누고 있던 아주머니들이 내 피켓을 흘깃 보았지만 흥미 그 이상은 아니었던 모양이다. 아무도 말을 걸어오지 않았다. 나는 그걸 다행으로 생각했다. 지금은 몸에 힘이 풀려 아무런 말도 하고 싶지 않았다.

나는 내 옆에 내려놓은 피켓을 다시 한번 꼭 쥐었다. 작은아빠와 시장이 무슨 얘기를 할지는 분명해 보였다. 시장은 당연히 나를 다시 여기에 오지 못하게 해달라는 것일 테고 작은아빠 역시 아까의 태도로 보아서 내 입장을 대변해주지는 않을게 뻔했다.

어떤 설명이든 내게 엄마의 죽음을 이해시켜주지 않는다면 나는 또다시 이곳으로 올 것이다.

3부

어른의 사정,
세상에서 가장 비겁한 단어

나는 눈을 돌려 창밖을 내다보았다. 시청 앞 광장의 분수 속에서 어린아이가 이리저리 뛰고 있었다. 참 행복해 보이는 모습이다. 단지 문 하나를 사이에 두고 있을 뿐인데 저곳은 저렇게나 해가 비치고 따뜻해 보였다. 이 안으로 들어와서 내가 느낀 차가움을 저 아이는 모를 것이다.

작은아빠는 20분여가 지나서야 내려왔다.

"가자."

설명은 없었다. 그리고 묻지도 말라는 듯 작은아빠는 곧장 출입문으로 향했다. 나는 어쩔 수 없이 그 뒤를 따랐다. 일단 나가서 이야기를 들어보면 될 일이었다. 작은아빠는 곧장 주차장으로 향했다. 나는 멈칫, 걸음을 멈췄다. 작은아빠가 날 돌아보았다.

"타."

"무슨 얘기를 했는지 알려주세요."

"여기서 서서 이야기하자는 거냐? 일단 타."

작은아빠는 그대로 운전석 문을 열고 차에 올라탔다. 이렇게 작은아빠가 날 강압적으로 대한 적은 한 번도 없었다. 나는 더 이상 저항하지도 못한 채 조수석으로 가 차에 탔다. 작은아빠는 바로 시동을 걸고 출발했다. 옆에서 보는 작은아빠의 얼굴은 마치 조각처럼 단단하고 차가워 보였다. 차는 그대로 시청을 빠져나가 도로에 합류했다.

1

차 안에서도 작은아빠는 아무 말도 하지 않았다. 무거운 분위기 때문에 나 역시 시장과 둘이서 무슨 이야기가 오갔는지 묻지 못했다. 입을 꾹 다문 채로 창밖을 내다보았다. 평일인데도 길가에 오가는 사람들은 많았다. 저 사람들 중 나처럼 생지옥에 떨어진 사람은 없을 테지….

어딘가 카페라도 찾아가는 줄 알았으나 도착해보니 작은아빠의 아파트 주차장이었다.

"내려."

시동을 끈 작은아빠는 내가 차에 올라탈 때처럼 명령으로 나를 내리게 했다. 그는 먼저 아파트를 향해 걷기 시작했고, 나역시 그 뒤를 따랐다. 작은아빠의 태도만으로 내게 우호적이지 않다는 것을 확신할 수 있었다. 하지만 작은아빠는 작은아빠일 뿐이다. 그는 나를 막지 못할 것이다. 어떤 말을 듣든 나는 내일 아침 다시 시청 광장으로 갈 생각이다. 피켓을 품에 꼭안았다. 작은아빠는 엘리베이터에 올라타며 내 가슴의 피켓을슬쩍 보았지만 아무런 말도 하지 않았다.

작은아빠의 집은 16층에 있었다. 아파트 중간층이긴 하지만앞이 훤히 트여 전망이 좋았던 걸 기억하고 있다. 작은아빠의뒤를 따라 현관문 앞까지 향했다. 작은아빠는 말없이 비밀번호를 눌러 문을 열었다. 작은엄마가 현관 앞까지 나와 있었다.

"민우야! 어서 오렴. 장례식 이후에 처음이구나."

"안녕하세요, 작은엄마."

"그래, 잘 지냈니? 어서 들어와."

작은엄마의 말에 나는 신발을 벗고 거실 안으로 올라섰다.

"얼굴이 많이 상했구나. 근데 그건 뭐니?"

작은엄마가 내 품에 안긴 피켓을 가리키며 물었다. 내가 뭔가 대답하기도 전에 작은아빠가 먼저 말했다.

"당신 좀 안에 들어가 있어."

"무슨 일 있어요?"

"글쎄 안으로 들어가 있으라고!"

작은아빠의 언성이 약간 높아지자, 당황한 작은엄마는 흔들리는 눈빛으로 나와 작은아빠를 번갈아 보다가 어쩔 수 없다는 듯 몸을 돌려 안방으로 들어갔다. 나만큼이나 작은엄마도 작은아빠의 강압적인 태도를 처음 보았다는 듯한 표정이었다.

작은엄마가 문을 닫고 들어가자 작은아빠가 나를 향해 손을 내밀었다.

"그거 내놔."

피켓을 말하는 거였다. 나는 더욱 피켓을 끌어안았다.

"갑자기 무슨 말씀이세요? 시장실에서 무슨 얘기를 들으셨는데요? 그 얘기를 먼저 들려주셔야 제가…."

"내놓으라면 내놓지 무슨 말이 많아!"

작은아빠는 소리를 버럭 지르더니 나에게 와락 달려들었다.

갑자기 당한 일에 나도 모르게 힘 한번 제대로 써보지 못하고 피켓을 빼앗겼다. 작은아빠는 곧장 피켓을 반으로 접어버렸다.

"뭐 하시는 거예요!"

"이따위 걸로! 뭘 하겠다고!"

이번엔 피켓을 마구 발로 밟았다. 피켓에 붙어있던 엄마의 사진이 작은아빠의 발에 밟혔다. 구겨진 얼굴이 울고 있는 것처럼 보였다.

"하지 마요! 하지 말라고요!"

나는 작은아빠에게 달려들었다. 하지만 내 힘 따위로 작은아빠를 막아세울 수는 없었다. 작은아빠는 피켓을 주워 들었다. 작은아빠의 손에 그 두꺼운 박스 종이가 쉽사리 찢겨 나갔다. 작은아빠는 완전히 흥분해 있었다.

"조그만 게 공부나 하지 않고서, 되바라져서는 네가 뭘 하겠다고 이따위 짓을 하고 돌아다녀!"

나는 불끈 화가 치솟았다.

"시장실에서 무슨 얘기를 했는지부터 저한테 말씀해주셔야죠! 전 엄마의 아들이에요! 당연히 엄마가 왜 돌아가셨는지 알아야죠. 제가 거기에 간 게 되바라진 짓이라고 전 생각하지 않아요!"

"왜 돌아가셨냐니! 몰라서 물어? 네 엄마는 스스로 죽는 걸 선택했잖아! 너도 봤잖아. 네가 봤잖아!"

작은아빠는 그 말을 하지 말았어야 했다. 내 눈앞에서 베란다 밖으로 뛰어내리는 엄마의 모습이 그 이후로도 몇 번이나 나를 괴롭혔다. 내 머릿속에서 엄마는 뛰어내리고, 또 뛰어내렸다. 그 고통을 작은아빠는 조금도 이해하지 못하는 게 분명했다.

"그러니까요! 왜 그런 선택을 했냐고요! 저는 알아야 되잖아요. 엄마 회사 다이어리에 분명히…!"

"그래! 네 말대로 엄마가 일 때문에 힘들어서 죽었다고 치자. 그 일을 한 사람이 엄마 혼자니? 아니야. 여러 명이 함께 그 일을 했다고! 네 엄마만 힘들었던 게 아니야. 그런데도 네 엄마는 자살을 했어. 그럼 그게 일 때문일까? 네 엄마가 나약해서가 아니라?"

나는 순간 말문이 막혔다. 이명이 들렸다. 갑자기 단단했던 바닥이 일렁이는 것 같았다. 나는 작은아빠의 얼굴을 똑바로 쳐다보려 했지만 눈앞이 흐려져 제대로 볼 수가 없었다. 입술이 덜덜 떨렸다.

"어떻게… 그렇게 말할 수 있어요?"

"왜 말 못 해? 네가 이렇게 멍청한 짓을 하고 돌아다니는데!"

나는 고개를 저었다.

"작은아빠랑 더 이상 얘기하고 싶지 않아요. 집에 갈래요!"

"어딜 가!"

작은아빠가 내 팔을 붙들어 거칠게 돌려세웠다. 나는 순간 작은아빠가 내 뺨이라도 치는 건 아닐까 싶었다. 나는 눈을 꾹 감았다.

"네 부모이기도 하지만 그 이전에 내 형이고 내 형수였어."

나는 눈을 떴다. 작은아빠를 올려다보았다. 작은아빠의 얼굴이 고통으로 일그러져 있었다.

"나 역시도 두 사람의 죽음이 힘들어. 그래도 난 어른이니까, 내 조카니까 널 지킬 의무가 있어."

"작은아빠."

"…너는 힘들게 살면 안 돼."

나는 어렴풋이 작은아빠의 공포를 보았다. 작은아빠는 나 역시 잘못될까 봐 겁을 내고 있었다.

나는 절대 그런 일은 없을 거라고 말하고 싶었다. 하지만 작은아빠는 내 말을 들을 생각이 없었다.

"그냥 중학생답게 살아. 그러면 돼."

내가 원치 않는 상황이 오고 말았다. 작은아빠가 나를 붙들고 작은방 쪽으로 끌고 갔다. 그 방은 아직 초등학생인 사촌이 쓰는 방이었다. 그 방 문을 열고 작은아빠는 나를 던져넣듯 안으로 들여보냈다.

"당분간 학교는 여기서 다녀라."

"싫어요!"

작은아빠는 차갑고 낮은 목소리로 말했다.

"내가 네 보호자인 걸 잊지 마."

작은아빠는 문을 쾅 닫고 방에서 나갔다. 문을 열고 나가려면 얼마든지 나갈 수 있었지만 그러지 않았다. 어차피 무슨 말을 해도 작은아빠는 듣지 않을 테니 말이다. 내 집으로 몰래 돌아가 봐야 몇 번이라도 날 끌고 올 사람이었다.

나는 아랫입술을 꽉 깨물었다. 조금 전 작은아빠가 말한 '보호자'라는 말이 귓가에 맴돌았다. 작은아빠는 오늘 정말 날 '보호'했을까.

2

내가 그 방에서 나올 수 있었던 것은 저녁을 먹는 시간이 되어서였다. 그때까지 나는 초등학생이 쓰는 작은 책상 의자에 앉아서 답답한 마음을 어찌할 바 모르고 일어섰다 앉기를 반복했다. 오늘 만난 어른들은 모두 벽 같았다. 아무도 내 말을 들어주려 하지 않았다. 다들 그저 가만히 있기만을 바라는 눈치였다. 엄마는 이미 죽었으니, 산 사람은 살아야 하는 거라고 눈빛으로 말하고 있었다. 깊은 한숨을 내쉬어 보았지만 가슴은 가벼워지지 않았다.

저녁 8시가 넘어서야 작은엄마가 나를 불렀다. 저녁을 사촌동생인 동윤이가 돌아오는 시간에 맞춰 먹는다고 했다. 배는 고프지 않았지만 별다른 말 없이 작은엄마 뒤를 따라 나갔다. 동윤이가 가방을 벗고 있다가 나를 발견하고는 놀란 눈을 했다.

"어, 형!"

"잘 있었니?"

나는 바닥에 벗어놓은 동윤이의 가방을 보았다. 안에 뭐가 들어있는지 빵빵했다. 중학생인 나보다 초등학교 5학년인 동윤이가 더 많은 학원에 다니고 있는 건지도 몰랐다.

우리는 곧장 주방으로 들어갔다.

김치찌개와 멸치볶음, 시금치 무침과 가지런하게 썬 김치가 먹음직스럽게 테이블 위에 차려져 있었다.

"형, 놀러 온 거야?"

동윤이가 의뭉스러운 말투로 물었다. 평소 동윤이와 그렇게 친하게 지낸 편은 아니라서 반가워하는 기색은 아니었다.

"그게….'

"당분간 여기서 학교에 다닐 거다. 동윤이 너는 엄마 아빠 방에서 같이 자."

"왜!"

동윤이가 목소리를 높여서 순간 나도 당황했다. 동윤이는 얼굴을 일그러뜨린 채 숟가락을 식탁 위에 내려놓았다.

"나 엄마 아빠 방에서 자기 싫어! 왜 내 방이야?"

"동윤아."

작은엄마가 손가락을 입술 중앙에 올리며 말렸지만 동윤이는 들으려 하지 않았다. 학교와 학원 숙제도 해야 하는데 어디서 하냐는 것이다.

"거실에서 하면 되잖아."

"싫어! 왜 내 방을 내줘야 해?"

"송동윤."

작은아빠가 경고처럼 아이의 이름을 불렀다. 그러자 동윤이
는 입을 꾹 다물었다. 여전히 볼멘 얼굴이었지만 더 이상 소리
를 지르지는 않았다. 작은아빠가 평소 동윤이에겐 엄하다는
사실을 알 수 있었다.

나는 그야말로 불청객이 되어 어찌할 바를 몰랐다. 나도 여
기 있고 싶어서 있는 게 아니라는 사실을 동윤이에게 말해주
고 싶었다. 그러나 그런 분위기가 아니어서 굉장히 불편한 기
분으로 엉거주춤 숟가락을 내려놓았다.

"저기 젤 작은 방 쓰면 되잖아."

볼멘 목소리로 동윤이가 말했다. 그 방은 주방 바로 옆에 있
는 방으로 내가 앉은 자리에서 정면으로 문이 보였다. 작은엄
마는 흘깃 그 방을 보더니 다시 동윤이를 달랬다.

"그 방은 김치냉장고랑 안 쓰는 짐 같은 거 가득 넣어놨잖아.
창고 방을 어떻게 정리해."

혹시라도 작은아빠가 창고 방을 정리하라고 할까 봐 걱정하
는 눈치였다. 작은엄마가 말을 이었다.

"잠깐이니까 조금만 참아."

그 말을 듣자 동윤이는 작은아빠의 눈치를 볼 여력도 없이 화가 난다는 듯 입을 크게 벌려 소리를 내질렀다.

"대체 언제까지!"

그건 나도 궁금한 일이다.

저녁을 먹은 후 동윤이의 흘겨보는 눈빛을 받으며 작은방으로 돌아갔다. 나는 내가 있지 말아야 할 곳에 던져진 사람처럼 방 한가운데 멀뚱히 서서 이 사태에 대해 생각하고 있었다. 곧 문이 열리지만 않았어도 내가 먼저 나가 집으로 돌아간다고 했을지도 모를 일이었다. 노크도 없이 들어온 것은 작은아빠였다.

"불편하지? 초등학생이 쓰는 거라 침대도 작고 책상도 작을 거다. 창고 방을 치우라고 할 테니까 조금만 참아."

작은엄마의 인상이 구겨지는 것이 곧바로 상상되었다.

"전 그냥 집으로 돌아갈게요."

작은아빠의 표정엔 변화가 없었다.

"말도 안 되는 소리 마라. 처음엔 나도 네가 중학교 3학년이라 이제 어느 정도 혼자 살아도 될 만큼 철이 든 줄 알았다. 그런데 하고 다니는 짓을 보니 안 되겠어. 고등학교에 들어갈 때까지만 여기서 학교 다녀. 그 뒤에 다시 생각해보자."

'짓'이라는 단어가 귀에 거슬렸다. 작은아빠는 내가 고등학생이 되면 엄마의 죽음에 더 이상 의문을 품지 않을 거라고 생각하는 걸까? 엄마의 죽음이 이상하다고 생각하는 게 단순히 내가 어리기 때문이라는 건가?

나는 싫다는 말을 하지 않았다. 그래 봐야 말만 길어질 뿐이라는 걸 알고 있었다. 내가 대답하지 않자 긍정의 뜻으로 받아들인 작은아빠는 한 손에 들고 있던 잘 개켜진 옷을 나에게 내밀었다.

"이거 입고 자라. 필요한 옷은 주말에 같이 집에 가서 가지고 오자."

나는 이번에도 대답 없이 작은아빠에게서 옷을 받았다. 잠옷 용도로 입을 수 있는 트레이닝복이었다. 작은아빠의 것임이 분명했다. 나에겐 맞지 않을 것이다.

"자, 그럼 잘 자라."

"안녕히 주무세요."

작은아빠는 내 어깨를 툭툭 두드리고는 방에서 나갔다. 열린 문 사이로 동윤이의 투덜거리는 소리가 들려왔다. 방문이 닫히고 조금 지나서 그 소리마저도 끊어졌다. 분명 작은아빠가 안방에 들어가 그 엄한 얼굴을 또다시 했으리라. 나는 동윤이에게 미안해졌다.

작은아빠에게서 받은 트레이닝복으로 갈아입지 않고 침대 위에 올려놓았다. 그러고는 다시 작은 책상 의자에 앉아 침대 위 트레이닝복을 한참이나 보았다. 그러다 문득 이상하다는 생각이 들어 가방에서 핸드폰을 꺼냈다. 이런저런 광고 문자가 와 있었지만, 학교에서 전화는 없었다. 이틀이나 무단결석을 했으니 전화가 올 법도 했지만 담임선생님에게서 온 부재중 전화나 문자는 하나도 없었다. 분명 작은아빠와 통화를 했을 것이다.

나는 핸드폰을 보다가 잠깐 잊고 있었던 것을 떠올렸다. 얼른 주머니를 뒤져 그것을 꺼냈다. 낮에 기자에게서 받은 명함이었다. 오늘 만난 어른들 중 유일하게 내 이야기에 관심을 기울인 한 사람을 잊고 있었다. 그는 내 이야기를 듣고 싶은 것이 분명했다. 자세한 이야기를 들으면 나에게 공감을 해줄지 모른다. 그렇게 되면 기자가 이 일을 기사로 다뤄줄 것이다. 더 자세한 취재를 위해 직접 시청에 가 조사를 할지도 모른다. 어른과 어른 사이의 싸움은 나의 그것과는 분명 다른 결과를 낼 것이다.

나는 곧장 명함에 적힌 휴대폰 번호로 전화를 걸었다. 신호가 한참이나 울렸다. 애가 탈 즈음 전화기 너머에서 목소리가 들려왔다.

– 여보세요?

느른한 목소리였다. 순간 시간이 상당히 늦었다는 게 떠올랐다. 나는 급히 사과했다.

"늦은 시간에 전화해서 정말 죄송합니다. 최현태 기자님 맞으시죠?"

– 누구시죠?

"저 낮에 명함을 주셨던 학생입니다. 시청 앞에서 뵀었죠? 피켓 들고 일인 시위하던 학생이요."

– 아아.

순간 어라? 싶었다. 내가 전화를 하면 반가워하리라 생각했는데 상대방의 반응은 전혀 달랐다. 뭔가 받기 싫은 전화를 상대하는 듯한 뉘앙스의 목소리였던 것이다.

- 근데 웬일로?

나는 당황을 감추며 애써 말했다.

"제 어머니 사건에 관심이 있으신 것 같아서요. 만나 뵙고 한 번 이야기 좀 드릴 수 있을까요? 저는 내일 당장이라도 괜찮은데요."

- 아, 그게 말이지….

기자는 말꼬리를 길게 늘이며 대답했다.

- 쓸 만한 기사인가 하고 잠깐 관심을 기울인 건 사실이지만, 생각해보니까 별 기삿거리가 안 될 것 같아서.

"네? 어느 부분이요?"

전화기 너머에서 하, 하는 소리가 들려왔다. 한숨을 쉬는 건지 어이없는 웃음을 내뱉은 건지는 알 수 없었다.

- 그냥 사건 전체가, 별로 기삿거리가 안 되겠더라고. 기자의 감이야.

명백히 귀찮아하는 목소리였다. 그는 성가시다는 듯 다시 말해왔다.

- 그럼 이제 됐지? 먼저 전화 끊을게.

"잠깐만요!"

내가 소리쳤을 때는 이미 전화가 끊긴 상태였다. 갑자기 왜 이러는지 알 수가 없다. 아까 낮까지만 해도 기자는 내 이야기에 관심 있어 했다. 중학생인 내가 엄마 죽음의 이유를 알기 위해 일인시위를 하는 것에 눈빛을 빛내며 관심을 보였다. 하지만 나는 기자와 긴 이야기를 하지 못했다. 기자 역시 내 피켓 내용을 제대로 읽을 시간이 없었다. 경비가 왔고, 이어서 비서가 나를 데리고 시장실로 들어갔기 때문이다. 그때는 시장을 만날 수 있다는 생각에 곧장 따라 들어갔는데 지금 생각해보니 기자와 만나는 것을 막은 건지도 모른다는 생각이 들었다. 게다가 자세한 이야기도 듣지 못한 기자가 '기삿거리가 안 될 것 같아서'라고 말하는 것도 의심스러웠다.

명함을 받아 챙겨 넣던 나를 마음에 안 든다는 얼굴로 쳐다보던 경비의 얼굴이 떠올랐다. 그에게 무슨 이야기를 들은 건 아닐까? 혹시 협박이라도 받지 않았을까? 내가 시장실로 들어간 뒤 무슨 일이 벌어진 건지 나는 알 수 없었다.

나는 두 손으로 머리를 감쌌다. 아무리 궁리를 해도 무얼 해야 할지 알 수가 없다. 이제는 정말 다른 사람들이 말하는 대로 엄마의 죽음이 전혀 이상하지 않은 건 아닐까 하는 생각마저 들었다.

갑자기 목이 탔다. 시간을 확인해 보니 열두 시가 넘어 있었다. 나는 일어나 조용히 문을 열었다. 그러고는 소리가 나지 않게 주방으로 들어갔다. 냉장고를 열어 물을 따라 돌아서는데 안방 문틈으로 희미한 빛이 새어 나오는 게 보였다. 보조등 같은 걸 켜놓은 듯한 색의 빛이었다. 그리고 그 빛을 따라 두런두런 말소리가 새어 나왔다.

"위로금을요?"

작은엄마의 목소리였다. 쉿. 누군가 주의하라고 경고했다. 작은아빠가 분명했다.

"갑자기 왜?"

"왜겠어? 저 녀석 단속 좀 잘해달라는 거지."

나는 발소리를 죽이고 조금 더 안방 쪽으로 다가갔다. 목소리를 더 명확하게 들을 수 있었다. 작은엄마가 말했다.

"혹시… 진짜 민우 말대로 시청에서 뭔가 걸리는 게 있는 거 아니에요?"

"입 조심해. 그런 게 뭐 있겠어. 자기가 스스로 뛰어내린 거 아냐. 일 힘들다고 그러는 사람들 뉴스, 한두 번 봐? 그냥 그런 거야. 근데 저 녀석이 일을 키우려고 하니까 미연에 골치 아픈 일을 없애려고 그러는 것뿐이지."

나는 이를 악물고 손을 꾹 움켜쥐었다. 그러지 않으면 당장이라도 문을 벌컥 열고 소리를 지를 것 같았다. 하지만 그러지 않으려 애썼다. 왠지 지금은 그러지 않는 게 좋을 듯했다.

"그러니까 민우 말처럼 시청에서 맡기면 안 될 일을 민우 엄마한테 맡긴 거 아닐까요? 민우 말이 맞는 거 아니에요?"

"맞으면?"

작은아빠의 목소리에 날이 서 있었다. 그는 곧 한숨을 푹 내쉬었다.

"우리가 뭘 할 수가 있어? 우리가 싸운다고 그놈들이 인정할 것 같아? 일개 개인의 말이 통하는 세상이라고 당신은 생각해? 어른들도 못 하는 일이야. 고작 중학생인 애 말을 누가 들어주겠어? 앞으로 우리는 민우의 보호자가 되어야 해. 민우가 잘 크도록 도와야 한다고. 그게 형님이 바라는 일일 거야. 난 민우를 잘 키울 거야, 평범하게."

평범하게, 라는 말에 힘이 들어갔다.

나는 거기까지 듣고 몸을 돌려 조용히 방으로 돌아왔다. 작은아빠의 마음을 이해 못 하는 건 아니었다. 자신도 형과 형수를 잃었다고 말할 때의 고통을 나도 느낄 수 있었다. 그들이 남긴 나의 존재를 작은아빠는 아빠의 유언처럼 받들 생각이다. 어떠한 일에도 휘말리지 않게 하고 나를 온전히 키워내려는 생각이다.

나는 가방을 집어 들었다. 작은아빠에게서 받은 트레이닝복은 침대 위에 올려놓은 그대로였다. 작은아빠가 나를 통제하려는 마음을 이해하지만 나는 이 집에 있을 수 없다. 문 쪽으로 향하다 걸음을 멈췄다.

이대로 집으로 돌아간다면 작은아빠는 몇 번이고 찾아올 것이 분명했다. 나의 일거수일투족을 감시하려 들지도 모른다. 내가 엄마에 관한 것을 자세히 알아보려고 한다는 낌새라도 차리면 가만히 있지 않을 것이다. 이대로 집을 나가서는 안 된다. 작은아빠를 무조건 안심시켜야 했다.

나는 가방을 열어 연습장 한 장을 쭉 찢었다. 그리고 거기에 작은아빠에게 남기는 메모를 적었다.

작은아빠, 저 민우예요.

동윤이도 불편하고 사실은 저도 집에서 학교 다니는 게
훨씬 편해요. 절 도와주려고 해주셔서 감사합니다. 앞으로
는 학교도 잘 다니고 공부도 열심히 할게요. 돌아가신 엄마
를 걱정시키는 일은 하지 않을게요. 자주 연락드릴게요.

민우 드림

메모를 다 적은 나는 종이를 접지 않은 채로 책상에 올려 두
었다. 아침에 방문을 열면 훤히 보이도록 한 것이다. 나는 문을
조심히 열고 거실로 나갔다. 안방에서는 더 이상 희미한 불빛
이 새어 나오지 않았다. 어두운 거실을 가로질러 현관문을 열
고 밖으로 나갔다. 번호키가 열리는 기계음이 나기는 했지만
밖으로 나갈 때까지 누군가 쫓아오거나 하지는 않았다.

나는 밖으로 나가 앱으로 택시를 불렀다. 나를 기다리는 어
둠이 가득한 집으로 돌아갈 생각이다. 그때까지만 해도 나는
미처 몰랐다. 나를 기다리고 있던 건 어둠이 아니라 다른 것이
라는걸.

3

현관문을 열었을 때, 나는 평소와 뭔가 다르다는 것을 깨달았다. 출입구의 등이 켜지는 순간 흙이 묻은 신발 자국을 보았기 때문이다.

엄마는 현관이 깨끗해야 집에 복이 들어온다고 믿는 사람이었다. 매일 아침저녁으로 신발장 앞을 닦았다. 비가 오는 날은 꼭 밖에서 신발을 털고 들어오도록 했고, 눈이 오는 날에는 신발장 앞에 신문을 깔았다. 엄마가 떠난 뒤 난 이상하게 그것만큼은 지키고 있었다. 일찍 일어나라는 것도, 학교 수업에 집중하라던 말도 하나 지키지 못했지만 신발장 앞에 흙이 남아있지 않도록 하는 것만은 제대로 지키고 있었다.

나는 숨을 죽였다. 다른 누군가가 이 안에 있다는 것을 직감적으로 알 수 있었다. 숨이 막힐 듯한 고요가 이어졌다. 나는 신발을 벗지 않은 채로 거실에 올랐다. 무슨 상황이 닥칠지 알 수 없었기 때문이다. 나는 본능적으로 안방 쪽으로 향했다. 왠지 이 집에 침입한 자라면 거기 있을 것 같았다. 거기밖에는 있을 이유가 없었다.

상대도 나의 존재를 알아챘을 확률이 높다. 비밀번호를 누르느라 기계음이 들렸을 것이 분명했기 때문이다. 그것을 이 고요가 증명해주고 있다. 안방에서 침입자는 숨을 죽이고 바깥의 상황에 귀를 기울이고 있을 것이 확실했다.

왠지 숨이 쉬어지지 않았다. 심장이 두방망이질을 쳤다. 두려움이 왈칵 나를 덮쳤다. 그냥 단순한 도둑이라는 생각은 들지 않았다. 그렇다면 왜? 누가 이 집에 침입한 걸까? 심장이 얼어붙는 것 같았지만 그래도 나는 천천히 앞을 향해 나갔다. 한 발짝, 두 발짝. 그리고 드디어 안방 앞에 서서 손잡이를 잡아 쥐었을 때다. 동시에 문이 벌컥 열렸다. 안방 문은 안쪽으로 열리는 것이기에 순간적으로 나는 중심을 잃고 앞으로 넘어질 뻔했다. 그때 누군가 안방에서 튀어나와 나를 밀치며 옆으로 쏜살같이 도망을 갔다. 검은색 점퍼를 입고 있었고, 똑같이 검은색 모자를 쓰고 있었다. 누군지 알 수 없었지만 나는 사력을 다해 중심을 잡고 침입자를 향해 몸을 날렸다. 그는 온몸을 비틀며 내 손을 떨쳐내려 했다. 힘이 대단했다. 내 손이 간단히 뿌리쳐졌다. 그래도 나는 멈출 수가 없었다. 넘어진 채로 그자의 발목을 콱 움켜쥐었다. 침입자의 몸이 기우뚱하더니 이내 쾅 소리를 내며 앞으로 넘어졌다. 그는 신음소리를 내었다.

그를 보는 내 눈이 휘둥그레졌다. 침입자의 오른쪽 손에 엄마의 다이어리가 들려 있었기 때문이다. 그걸 왜 훔치려 하는지 생각조차 할 시간 없이 나는 그것을 빼앗으려 달려들었다.

하지만 그 역시 물러설 수 없는 모양이다. 기어 일어나면서 현관문 쪽을 향해 몸을 날렸다. 현관문 앞의 센서등이 밝게 들어왔다. 나는 빠르게 뛰어가 그대로 남자의 몸을 들이박았다. 현관문 앞의 벽과 내 몸 사이에 낀 남자가 윽, 소리를 냈다. 어딘지 모르게 익숙한 목소리. 나는 재빨리 남자의 모자를 벗겼다.

시간이 멈춘 것만 같았다.

"아저씨…."

성호 아저씨였다. 한동안 내 머리가 하얗게 비었다. 이어서 그가 왜 여기에 들어왔는지, 엄마의 다이어리를 왜 훔치려 하는지 의문이 들었다.

"지금 뭐 하시는…?"

당황하여 더듬거리던 나는 그대로 뒤로 넘어지며 엉덩방아를 찧었다. 아저씨가 온 힘을 다해 나를 밀었기 때문이다. 내가 넘어지는 소리가 쾅 하고 울렸지만 아저씨는 뒤도 돌아보지 않은 채 현관문을 열고 밖으로 도망쳤다.

도대체 무슨 일이 벌어진 건지 갈피를 잡을 수가 없었지만 나는 더 이상 그러고 있을 수만은 없었다. 아저씨를 따라 밖으로 뛰쳐나갔다. 엘리베이터 앞에는 아무도 없었다. 나는 엘리베이터의 층수 표시판을 확인했다. 엘리베이터는 1층에서 움직이고 있지 않았다. 그것은 아저씨가 엘리베이터를 타지 않았다는 얘기다. 계단 층에서도 사람이 뛰어 내려가는 소리는 들리지 않았다. 아저씨가 자신의 집으로 갔음을 설명해주고 있었다. 나는 당장 아저씨네 초인종을 눌렀다.

벨 소리가 끝날 때까지 안에서는 아무런 소리도 들리지 않았다. 나는 계속 초인종을 누르며 다른 한 손으로는 아저씨네 현관문을 쾅쾅 두드렸다.

"아저씨, 나와요! 다 봤다고요! 빨리 문 열어요!"

그럼에도 안에서는 아무런 소리가 나지 않았다. 나는 머리끝까지 화가 나서 돌아버릴 것 같았다. 우리 집에 침입해서도, 엄마의 다이어리를 훔쳐서도 아니었다. 그렇게 한 것이 성호 아저씨라서였다. 나는 울컥 올라오는 화를 모두 끌어모아 발로 아저씨의 현관문을 쾅, 걷어찼다.

"우리 엄마 다이어리 내놓으라고!"

안은 조용했다. 내가 계속 이러고 있는다고 나올 것 같지 않았다. 배신감이 들었다. 엄마의 다이어리를 왜 훔쳤는지 나는 반드시 알아야만 했다. 내가 어린 중학생 녀석이라고 우습게 본다면 큰코다치게 해주겠다고 마음먹었다. 바로 경찰서에 전화를 걸었다.

"112죠? 집에 도둑이 들었는데 출동 좀 해주세요, 빨리요!"

앞집 사람이 그 도둑 같다는 말은 하지 않았다. 출동한 경찰에게 설명하면 될 일이었다. 대신 신고 전화를 하는 것을 들으라는 식으로 목소리를 높였다. 안에서 분명 듣고 있을 거라는 생각이 들었다. 경찰에게 아파트 이름과 동호수를 알리고 전화를 끊었다.

나는 옆집 현관문 앞을 지키며 계속 시간을 확인했다. 몇 분 지나지도 않았는데 초조함이 극에 달했다. 귀가 밖으로 향해 있었다. 몇 번쯤 차가 붕, 소리를 내며 지나가는 것이 들렸지만 경찰차는 오지 않았다.

신고 후 7분, 경찰이 도착했다.

출동한 것은 두 명이었으며 경찰복을 입고 있었다. 인근 지구대에서 출동했다고 했다. 엘리베이터에서 내리자마자 그들은 앞집 현관문 앞을 지키고 있는 나를 발견했다.

"네가 신고했니?"

"네."

"도둑이 들었다고? 다친 데는 없고?"

넘어질 때 엉덩이가 아팠고, 아저씨 발목을 붙잡을 때 손톱이 살짝 찢어지긴 했지만 그 이야기를 할 여유는 없었다.

"3동 1803호이면 이쪽 아니니?"

출동한 경찰은 접수한 호수가 아닌 앞집 앞에 내가 서 있는 것을 의아하게 생각했다. 나는 어디서부터 말해야 할지 몰랐지만, 재빨리 머릿속을 정리해 중요한 사안부터 이야기했다.

"제가 집에 왔는데 누군가 침입해 있었어요. 전 그 사람을 봤어요. 바로 이 앞집 사람이에요."

경찰은 서로를 보았다. 둘 중 진한 눈썹을 가진 한 명이 나에게 물었다.

"확실해?"

나는 눈을 동그랗게 뜨고 경찰의 눈을 직시했다.

"확실해요."

진한 눈썹의 경찰은 다른 경찰을 보더니 고개를 끄덕이고는 앞집의 초인종을 눌렀다. 안에서는 여전히 소리가 나지 않았다. 경찰은 문을 두드렸다.

"실례합니다. 경찰서에서 나왔습니다. 잠깐 문 좀 여시죠."

나는 이번에도 문을 열지 않을 거라 생각했지만 이내 안에서 인기척이 났다.

"누구세요?"

나른한 듯한 목소리는 아저씨의 것이었다. 드디어 문이 열렸을 때 아저씨는 새틴 재질의 잠옷을 입고 있었다. 나는 코웃음을 쳤다. 자고 있던 척하려는 모양이지만 쉽지 않을 것이다. 분명 내가 아저씨의 얼굴을 확실히 보았으니까.

"경찰입니다. 잠시 실례하겠습니다."

"네, 무슨 일이신데요?"

아저씨는 약간 눈이 부신 듯한 얼굴로 경찰과 주변을 둘러보았다. 그러더니 뒤늦게 나를 발견한 듯 눈을 크게 떴다.

"민우야! 무슨 일이야?"

나는 아저씨를 노려보았다. 경찰이 우리 둘 사이에 끼어들었다.

"신고를 받고 출동했습니다. 혹시 조금 전 이 학생의 집에 들어가셨습니까?"

"예? 제가요?"

나마저도 속아 넘어갈 만큼 태연한 얼굴이었다.

경찰이 나를 보았다.

"없어진 물건이 있니?"

"네, 다이어리요. 엄마의 다이어리."

다이어리란 말에 경찰의 얼굴이 약간 일그러졌다. 고작 그걸로 경찰을 출동시키기까지 했느냐는 듯한 얼굴이었다.

"우리 엄마는 시청에 다녔어요. 중요한 내용이 담겨 있는 다이어리라고요. 그리고 이 아저씨도 시청에 다니고요. 훔칠 이유가 있었을 거예요."

"나는 도대체 애가 무슨 얘기를 하는지…."

경찰은 내 얼굴을 빤히 보았다. 나는 간절한 얼굴로 그 시선을 맞받았다. 경찰이 성호 아저씨 쪽으로 고개를 돌리며 말했다.

"잠깐 안에 들어가 봐도 될까요?"

나는 환호라도 지르고 싶은 기분이었다. 경찰은 내 편이었다. 아저씨의 집으로 들어가 엄마의 다이어리를 찾아줄 것이고, 그의 무단 침입도 처벌해줄 것이 분명했다. 그걸 증명하듯 아저씨는 곤란한 얼굴을 했다.

"그건 괜찮지만….."

"실례하겠습니다."

경찰들이 단호히 말하며 안으로 들어섰다. 아저씨는 살짝 비켜섰다. 나도 뒤따라 들어가며 아저씨를 힘껏 노려보았다. 아저씨는 나와 시선을 마주치지 못했다. 엄마의 다이어리를 왜 훔치려 했는지는 아직 모르지만 나는 아저씨를 용서해주지 않을 것이다.

들어서자마자 두 명의 경찰은 흩어져 엄마의 다이어리를 찾기 시작했다. 한 명은 곧장 안방으로 향했다. 뒤에서 아저씨가 긴장하는 것이 느껴졌다. 나도 좀 곤란한 기분이 들었다. 그건 문을 연 경찰 역시 마찬가지인 것 같았다. 멈칫하며 아저씨를 돌아보는 얼굴에 미안함이 가득 담겨 있었다.

아저씨네 안방에는 아주머니가 있었다. 루게릭병에 걸려 이제는 스스로 할 수 있는 것이 눈을 깜박이는 것밖에 할 수 없는 사람, 호흡 역시 산소호흡기에 의존하고 있는 사람이었다. 아저씨는 안방을 아주머니의 병실처럼 사용하고 있었다.

아저씨가 한숨을 쉬며 말했다.

"뒤져 보시죠."

아저씨는 아주머니에게 다가가 귓가에 얼굴을 가까이했다.

"괜찮아. 별일 아니야."

경찰은 안으로 들어가 문갑이며 서랍장들을 다 뒤졌다. 다른 방에 들어간 경찰도 열심히 여기저기를 수색했다.

"이거니?"

다른 방에 들어갔던 경찰이 엄마의 다이어리와 똑같은 것을 들고 나왔다. 나는 기대감에 차 그것을 펼쳐 보았으나 돌아오는 것은 실망뿐이었다. 거기에는 아저씨의 글씨만 한가득했다. 시청에서 지급된 업무 다이어리니 같은 것이 당연했다. 나는 고개를 저었다.

"모양은 같지만 엄마의 다이어리가 아니에요."

경찰들은 10분가량 내부 수색을 이어갔다. 그러나 아무것도 나오는 것이 없었다. 아저씨는 무뚝뚝한 얼굴로 소파에 앉아 있을 뿐이었다. 왜 초조한 기색이 없는 걸까? 그건 뭘 의미하는 걸까? 나는 오래 지나지 않아 결론을 내릴 수 있었다. 그는 알고 있는 것이다. 이 집에서 엄마의 다이어리가 나오지 않을 거라는 것을. 그러니 저렇게 자신만만할 수 있는 것이다.

나는 경찰을 기다리고 있을 때 들렸던 차 소리를 떠올렸다. 만약 누군가 밖에서 아저씨가 다이어리를 훔쳐 오길 기다리고 있었고, 아저씨가 다이어리를 밖으로 던져 전달했다면 이 집에서 다이어리는 나오려야 나올 수가 없을 터였다.

"네가 아무래도 잘못 본 것 같구나."

이윽고 경찰이 그렇게 말했다.

"그래도 침입한 사람이 있다고 하니 본청에 접수해 줄게. 담당자가 와서 추가 조사를 해줄 거다."

그들은 아저씨에게 실례했다고 인사를 하고는 돌아갔다. 아저씨가 경찰들을 배웅할 때까지도 나는 아저씨의 집 거실 한복판에 서 있었다. 아저씨가 돌아와 나를 보았다. 아무것도 읽을 수 없는 표정이다.

"난 봤어요. 아저씨가 맞잖아요."

"실례를 했으면 사과를 해야지."

"왜 엄마 다이어리를 훔쳤어요? 아저씨가 우리한테 어떻게 이럴 수 있어요!"

"아직도 그 소리냐? 경찰이 다 뒤졌는데도 부족해? 내가 왜 네 엄마 다이어리가 필요해?"

엄마가 업무를 너무나 힘들어했다는 증거가 거기에 있는 셈이니까. 나는 그 말 대신 아저씨를 힘껏 노려보았다. 그러나 아저씨는 어깨를 으쓱할 뿐 아무런 말을 하지 않았다.

내가 아저씨의 집 밖으로 나갔을 때 경찰들은 나를 기다리고 있었다.

"부모님은 어디 계시니?"

나는 두 분 다 돌아가셨다는 말을 하지 않았다. 그 말을 해봐야 작은아빠에게 또 연락이 갈 게 분명했기 때문이다. 엄마의 다이어리 때문에 이 난리가 났다는 것을 알면 작은아빠는 나를 또 자신의 집으로 데려갈 것이다.

"여행 가셨어요."

"그렇구나. 내일 아마 사건 맡은 담당자가 전화를 걸 거다. 그럼 협조해 주렴. 부모님 연락처도 알려주고 말이야. 오늘 밤은 혼자 잘 수 있겠니?"

이 경찰들 역시 내가 애로 보이나 보다. 나는 고개를 살짝 끄덕였다.

"혹시 지문 같은 게 남아있을지도 모르니까 여기저기 건드리지 말고. 알았지?"

나는 알겠다고 대답하고 경찰들을 돌려보냈다. 다음 날 찾아온 경찰들 중 일부는 과학수사대라고 적힌 조끼를 입고 있었다. 그러나 그들은 아무것도 찾아낼 수 없었다. 장갑을 꼈을 때 발견되는 장갑흔이라는 것만을 찾아냈고 나와 엄마를 제외한 다른 이의 지문은 나오지 않았다. 엘리베이터 CCTV에서도 혐의점이 갈 만한 인물을 찾지 못했다. 그들은 애초부터 앞집 남자가 침입했다는 말을 믿는 것 같지 않았다.

"증거가 없어 찾기가 어렵겠구나. 좀 더 조사해보고 뭔가 나오는 대로 연락을 해줄게."

그러나 나는 그들에게서 더 이상 연락이 오지 않을 거라는 것을 예감하고 있었다.

4

집 안의 모든 감식이 끝나고, 거기에서 아저씨의 지문이 단 하나도 나오지 않은 날 밤, 나는 컴퓨터 앞에 앉아 깊은 생각에 빠져있었다.

처음엔 단순히 엄마의 죽음이 일이 힘들어서 견디지 못한 거라고 짐작했다. 시장의 비서와 경비원은 내년 지방 선거에 문제가 있으면 안 된다고 했다. 그 말을 몰래 들었을 때도 역시 엄마의 죽음을 공론화하지 않길 바라서라고 생각했다. 그런데 이건 뭔가 이상했다. 작은아빠를 만나 회유를 하고 이 일에 관심을 갖던 기자는 갑자기 기삿거리도 되지 않는다며 취재를 거절했다. 게다가 시청에 근무하는 옆집 아저씨는 엄마의 다이어리를 훔쳤다. 그 다이어리는 어디에 있을까? 지금쯤 누구의 손에 들려 있을까?

나는 인터넷을 통해 '과도한 업무' '자살'이라는 두 가지 단어를 검색했다. 과거에 일이 힘들어 자살한 사건이 꽤 많이 검색되었다. 그것들은 잠깐 사람들의 관심을 받긴 했지만 그 사건이 지금은 어떻게 되었는지를 보여주는 기사는 단 하나도 없었다.

그런 거였다. 가만히 있으면 조용히 사라질 일. 엄마의 경우, 뭐가 달랐던 걸까. 나는 문득 떠오르는 생각 때문에 턱을 괴고 있던 손을 뗐다. 그러고는 조금 전 내 생각을 다시 되짚어 보았다.

혹시 그들이 숨겨야만 했던 것이 엄마의 일기만이 아니었던 것은 아닐까? 나는 엄마의 다이어리에 적혀 있던 것들을 다시

147

떠올려 보았다. 곧장 머리를 스치는 것이 있었다. 그게 왜 이제야 떠올랐는지는 나도 모를 일이었다.

나는 곧장 핸드폰을 꺼냈다. 그리고는 찍어놓은 사진 중에 엄마의 다이어리를 촬영했던 사진 한 장을 불러냈다. CCACA라는 글자와 함께 옆에 적혀 있는 네 명의 이름. 그리고 지역명이었다. CCACA를 담임선생님이 혹시 알까 싶어 찍어놨는데, 이 사진이 이런 식으로 사용될지 미처 몰랐다.

혹시 그들이 필요했던 것은 이것이 아니었을까.

나는 이것이 뭘 뜻하는 것인지 아직 모른다. 하지만 그들이 이렇게까지 기민한 반응을 보인다는 것은 숨기는 것이 있어서, 라는 뜻이었다. 나는 그것을 어떻게든 알아낼 것이다.

그들은 나를 잘못 건드렸다.

학교에 가고 싶지 않은 마음이 컸지만 일단 시간에 맞춰 등교했다. 학교에 가지 않으면 또다시 작은아빠의 집으로 끌려들어 가기 때문이다. 그건 싫었다. 계속 불평해대는 동윤이를 보는 것도 힘들지만 내 마음대로 움직일 수 없어서다.

교실에 들어가니 제영이 책상에 엎드려 자고 있었다. 곧 조회를 하러 담임선생님이 들어올 시간이다. 나는 제영의 등짝을 세게 때렸다.

"밤에 뭘 했길래 아침부터 퍼질러 자냐?"

제영은 일어나지도 않은 채 몸을 비비적거리며 으응, 신음소리를 냈다.

"아파?"

그제야 제영이 부스스 일어났다.

"그게 아니라 밤새 편집해서 그래."

"편집?"

고개를 끄덕이며 제영은 간신히 눈을 떴다.

"내가 전에 얘기했잖아. 유튜브 하는 우리 사촌 형."

"아, 그 모두까기?"

"응. 그 형이 알바로 유튜브 촬영한 거 편집할 생각 없냐고 해서 덥석 하겠다고 했거든."

"우리 중3인데 엄마가 가만히 계셔?"

"엄마도 아는 거지. 내가 공부 쪽으로는 이미 끝났다는걸. 사촌 형이 유튜브로 돈 잘 버니까 일 배워서 그쪽으로 나가면 되지 않을까 생각하시는 거야. 그게 아무나 되는 일이 아닌데 말이지. 어쨌든 알바하는 건 허락받았어. 근데 밤에 하려니까 영 피곤하다야."

"우리 제영이가 고생하는구만."

나는 장난스럽게 쯧쯧 혀를 차며 그의 어깨를 두드린 후, 내 자리로 향했다. 가방을 놓고 앉자 반장이 소리쳤다.

"야, 핸드폰 내!"

아이들이 우르르 앞으로 나가 반장에게 핸드폰을 냈다. 반장은 플라스틱 바구니에 핸드폰을 차곡차곡 담았다.

우리 학교는 공식적으로 수업 시간에 핸드폰을 갖고 있을 수 없게 되어 있다. 그렇다고 해도 핸드폰 수량을 일일이 확인해 가며 내지 않는 사람 것까지 억지로 빼앗지는 않는다. 자율에 맡기는 것이다. 대신 수업 시간에 핸드폰이 울리거나 게임 같은 걸 하다가 걸리는 날에는 재미없는 일이 벌어지고 만다.

나는 오늘 핸드폰을 내지 않기로 했다. 할 일이 있었다. 대신 수업 시간에 낭패를 보지 않도록 무음으로 맞춰놓는 걸 잊지 않았다.

1교시 수업은 영어였다. 영어 선생님은 목소리도 크고 칠판에 필기하는 것도 열성적으로 하는 선생님이었다. 그런데도 나는 전혀 수업에 집중하지 못했다. 아니, 수업에 집중하지 않았다는 말이 더 맞을 것이다.

나는 엄마의 다이어리에 적혀 있던 네 명에 대해 생각하는 중이었다.

그 네 명은 모두 지역이 달랐다. 누구일까? 엄마가 개인적으로 아는 사람은 아닐 거라는 생각이 컸다. 엄마는 '결혼하면 친구들과의 연도 많이 끊어진다'며 푸념을 한 적이 있었다. 이렇게 전국에 걸쳐 아는 사람이 있을 리 없다.

옆에 있는 CCACA라는 단어도 걸렸다. 같은 면에 이 단어와 함께 사람들 이름이 있다는 점이 가장 신경 쓰였다. 엄마가 뭔가를 알아보려 한 것은 아닐까? CCACA가 뭔지는 모르지만 그것에 대해 알아보려 했을 가능성을 떠올렸다. 엄마의 다이어리는 시청에서 근무하며 쓰던 것이었다. 개인적인 일이 아닐 것이다. 그렇다면 담당자와 통화를 하려고 리스트를 적었던 것이 아닐까?

엄마는 축산과에 근무하고 있었다. 그렇다면 이 사람들도 축산과에 근무하는 사람들일지 모른다.

수업 시간은 아주 더디게 갔다. 나는 고개를 들고 칠판을 보고 있었지만, 머릿속은 다이어리 속 이름들로 온통 들어차 있었다. 다행이라면 영어 선생님이 내게 질문을 하지 않은 것이다. 영어 선생님은 열성적으로 수업을 듣는 학생에게 늘 질문을 던졌다. 내가 칠판을 똑바로 보고 있으니 질문을 해도 될 거라고 생각했을 수 있다. 그렇게 하지 않은 것은 내가 얼마 전엄마를 잃은 아이라는 것을 알아서였을지도 모른다. 어쩌면 선생님은 내가 칠판을 보고 있으나 딴생각에 빠졌다는 것을 눈치챘을 것이다. 그래도 지적하지 않은 것은 나름의 위로였을 터다.

수업이 끝나자마자 나는 자리에서 일어섰다. 제영이 일어나 이쪽으로 오는 것이 보였지만 나는 손바닥을 들어 보이며 그를 저지하고는 재빨리 교실을 벗어났다. 제영에게 잡혔다가는 유튜브 편집이라는 게 얼마나 어려운 일인지에 대해 일장 연설을 듣게 될지도 모른다.

나는 그대로 운동장으로 나갔다. 그러고는 학교 건물을 빙 돌아 주차장이 있는 곳으로 향했다. 이 시간이면 여기엔 사람이 적었다. 통나무를 길게 반으로 자른 것 같은 모양의 벤치에 자리를 잡고 앉았다. 그러고는 핸드폰을 열어 사진을 불러냈다.

첫 번째 이름은 영인시의 강주희였다.

이 사람들이 시청 소속인지는 정확하지 않다. 하지만 한번 도전해 보기로 했다. 나는 조금은 두근거리는 마음을 가라앉히며 인터넷을 열어 영인 시청의 전화번호를 검색했다. 대표 전화번호가 떠서 바로 그것을 눌렀다.

- 영인 시청입니다.

"네, 문의드릴 게 있어서 전화를 걸었는데요. 혹시 직원 중에 강주희 씨 연결 부탁드려도 될까요?"

- 무슨 과이신데요?

나는 잠시 숨을 들이켰다. 정확하진 않지만 한번 해보자는 생각으로 주먹을 움켜쥐었다.

"축산과요."

- 축산과를 연결해 드릴게요.

잠시 음악이 흘렀다. 심장은 더 두방망이질을 쳤다. 그걸 가라앉히기도 전에 수화기 너머에서 전화를 받았다.

- 네, 축산과….

전화를 받은 사람이 자신의 이름을 댔지만 잘 들리지 않았다. 무슨 주무관이라고 한 것 같았다.

"혹시 거기 강주희 씨 계신가요?"

- 강주희 씨요?

그렇게 말하는 상대방의 목소리에 곤란함이 끼어들어 있다는 것을 나는 눈치챘다. 나는 짧게 "네" 답하고는 상대방의 대답을 기다렸다. 그는 곧 말했다.

- 실례지만 어디시죠?

이건 생각 못 한 질문이었다. 그나마 다행인 것은 변성기가 온 덕분에 내 목소리가 제법 어른스럽다는 점이다.

"친구인데요. 핸드폰을 안 받아서요."

- 아아… 저기, 강주희 씨는 지금 병가 중이거든요.

나는 미간을 찌푸렸다.

"병가요? 어디가 아픈가요?"

- 개인 사정이라 그걸 말씀드리기에는 좀…. 아무튼 당분간 병가라 출근 못 할 겁니다. 나중에 핸드폰으로 다시 해보시죠. 그럼 먼저 전화 끊겠습니다.

그는 내 질문이 이어질 것이 불편하다는 듯 얼른 전화를 끊었다. 병가라는 단어가 마음에 걸렸다. 어디가 아픈 걸까? 개인적인 질환일 수도 있지만 나는 자꾸만 엄마와 엮어 생각하게 되었다. 엄마가 죽기 전 일을 떠올렸다. 나는 경찰들의 질문에 엄마가 평소와 다른 점이 없었다고 말했지만 지금 생각해보면 이상한 일이 있긴 했다. 엄마는 꼬박꼬박 복용하던 우울증약을 먹지 않았다. 그건 정신과를 가지 않은 걸로 확인했다. 엄마는 그때 왜 그랬을까? 병원에 갈 시간을 내지 못할 정도로 바빴거나, 그런 마음을 낼 수 없을 정도로 엄마를 지배하고 있는 일이 있었던 건 아닐까? 엄마는 조금씩 말라갔다. 입맛이 없다며 음식을 잘 먹지 않았고, 조그만 소리에도 크게 놀랐다. 병원에 가보라는 나에게 엄마는 일이 힘들어 예민해진 것뿐이라고만 말했었다. 그나마도 그때뿐이라 엄마가 평소와 달라졌다고 느끼진 않았다. 하지만…. 엄마는 어쩌면 내가 눈치채지 못하게 뭔가를 참고 있었는지도 몰랐다.

생각이 길어진 사이 쉬는 시간이 끝났음을 알리는 종이 울렸다. 나는 얼른 교실로 올라가 자리에 앉았다. 거의 동시에 수학 선생님이 들어왔다. 제영이 뒤를 돌아보곤 입을 벙긋거리며 무슨 일 있냐고 물었지만 나는 어깨만 으쓱하는 걸로 대답을 대신했다.

나는 수학 수업 역시 엄마와 다이어리에 대한 생각으로 머릿속이 꽉 차 집중하지 못했다. 그리고 끝나는 즉시 제영을 피해 다시 교직원 주차장으로 향했다. 이번에는 세정시의 김태연이 었다. 나는 세정시에 전화를 걸었고 안내원에게 축산과로 연결 해 달라고 말했다. 한번 해봐서 그런지 훨씬 긴장이 덜 되었다. 축산과에 연결되어 김태연 씨를 찾았다. 하지만 김태연 씨는 다른 부서로 이동발령이 났다고 했다. 어디로 갔는지 확인하려 고 했으나 그쪽에서 내가 누군지 물어 전화를 그냥 끊었다.

세 번째 제선시의 최태민 씨를 찾아보기로 했다. 앞과 똑같 은 순서로 축산과를 연결했다. 시계를 보니 곧 쉬는 시간이 끝 날 것 같았다. 마음이 조급해져서 축산과 사람이 전화를 받기 무섭게 최태민 씨를 찾았다.

상대방이 갑자기 말문을 닫았다. 나는 참을성 있게 기다렸 다. 그리고 짧은 침묵 끝에 대답이 돌아왔다. 놀라지 않을 수 없는 이야기였다.

– 최태민 주무관님은 돌아가셨습니다.

그 말을 듣는 순간 심장이 쿵, 하고 떨어졌다. 머릿속이 하얘 졌다. 떨리는 목소리로 말을 이었다.

"어떻게… 돌아가셨나요?"

- 그런 건 말하기가 좀…. 개인적인 사이시라면 가족분께 여쭤보세요.

"…네."

나는 더 이상 캐묻지 못하고 전화를 끊었다. 세 명 중 한 명은 병가, 한 명은 보직 이동, 한 명은 사망이었다. 자리를 지키고 있는 사람이 없는 상황이나 다름없다.

셋째 시간인 과학 시간은 어떻게 흘러갔는지조차 모르게 지나갔다. 나는 마지막에 적힌 감탄사의 우민희 씨 이름만을 계속 되뇌었다. 쉬는 시간이 되자 곧장 그 자리로 가서는 전화를 걸었고 축산과와 연결되었다.

"우민희 씨와 통화하고 싶은데요."

상대는 잠깐 틈을 뒀다가 말했다.

- 전데요?

나는 눈을 크게 떴다. 처음으로 리스트에 있는 사람과 통화할 기회를 얻었다. 그녀가 그 자리에 있어서 기뻤다. 나는 곧장 입을 열었다.

"혹시 김인숙 씨 아시나요?"

- 네?

"은파 시청 축산과에 근무하신 김인숙 씨요!"

– 아….

상대는 좀 곤란한 듯 말끝을 흐렸다. 그것만으로도 상대방이 엄마를 알고 있다는 것을 확신할 수 있었다. 핸드폰을 쥐는 내 손에 힘이 들어갔다.

– 누구시죠?

우민희 씨의 목소리가 눈에 띄게 낮아졌다. 의구심이 들었지만 말을 이었다.

"저는 김인숙 씨의 아들입니다. 송민우라고 합니다."

– 그런데 왜…?

"엄마가 죽었습니다."

전화기 너머에서 거친 호흡소리가 들려왔다. 우리 둘 사이에는 침묵이 흘렀다. 나는 뭐라도 설명해야 할 것 같았다.

"엄마의 다이어리에서 성함을 보았습니다. 저희 어머니와 어떤 일로 알게 되신 분인지 알고 싶어서요. 좀 이상하다고 생각하실 수도 있지만…."

– 잠깐만요.

우민희 씨가 내 말을 끊었다.

– 돌아가셨다고요?

"네."

따각따각, 알 수 없는 소리가 핸드폰 너머에서 들려왔다. 손톱을 물어뜯고 있는 모습이 상상되었다. 이내 그녀는 내 말을 더 들을 필요도 없다는 듯이 말했다.

– 좀 만날 수 있어요?

5

내가 중학생인 점을 감안해 우민희 씨가 직접 은파시로 차를 몰고 오겠다고 했다. 나는 조용히 대화할 만한 카페 중에서 주차장이 있는 곳을 선정해 우민희 씨에게 주소를 보내주었다. 돌아오는 토요일 낮 두 시에 보기로 했다.

주말인지라 카페 안은 사람들로 가득 차 있었다. 카페가 넓어 조용히 대화할 수 있을 거라 생각한 나는 적잖이 당황했다. 그런데 카페가 너무 조용하면 주변 사람들이 대화 내용을 들을지도 모른다. 이 정도로 소란스러운 편이 좋겠다고 생각했다. 내가 카페에 도착한 시간은 1시 20분이었다. 너무 이르게 도착한 거라는 건 알지만 도저히 집에 가만히 있을 수가 없었다. 소파에서 시간을 확인하고 일어났다 앉으며, 다시 시간을 확인하는 것을 몇 번쯤이나 한 뒤 그대로 집에서 나왔다. 아직 우민희 씨가 도착할 시간이 멀긴 했지만 여기서 기다리면 조금이라도 시간의 흐름을 덜 느끼지 않을까 싶어서였다.

4부

왜 엄마가 침묵했다고 생각하니?

나는 검은색 스투키 반팔 티셔츠에 리바이스의 긴 청바지를 입고 있었다. 우민희 씨에게 내 옷차림을 알려줄까 하다가 그만두었다. 이 카페 안에서 긴장된 얼굴로 혼자 앉아있는 것은 나뿐이라는 것을 깨달았기 때문이다. 같은 이유로 나 역시 우민희 씨가 들어온다면 금세 알아차릴 수 있다고 생각했다.

예상은 적중했다. 두 시가 되기 5분 전 우민희 씨로 보이는 사람이 카페 안으로 들어왔다. 그녀는 커다란 둥근 칼라가 달린 흰색 블라우스에 짙은 남색 치마를 입고 있었다. 역시나 긴장된 얼굴로 들어온 그녀는 카페 안에 들어서자마자 선 채로 주변을 둘러보았다. 내가 일어나자 눈이 마주쳤다. 그녀도 나를 알아봤는지 곧장 내 쪽으로 걸어왔다.

1

"전화 걸었던 학생 맞죠?"

"네, 안녕하세요."

"이름이…?"

전화 통화를 할 때 내 이름을 말하긴 했지만, 기억을 못 하는 모양이었다.

"송민우입니다."

"민우, 좋은 이름이네요."

"말씀 편하게 하세요."

그녀는 잠시 머뭇거렸다. 잘 알지도 못하는 사이인데 함부로 말을 놔도 될까 걱정하는 눈치였다. 공무원 생활을 오래 해서 그런지도 몰랐다. 엄마는 공무원이기 때문에 민원인 나이가 나처럼 확연히 어린 나이라는 것을 알아도 말을 놓으면 큰일 난다며 웃곤 했었다.

"…그럴까?"

나는 고개를 끄덕이고는 테이블 위에 놓아두었던 지갑을 손에 쥐었다.

"뭐 드실래요? 시원한 게 좋으시겠죠?"

당연히 내 일 때문에 이곳까지 오게 했으니 음료는 내가 대접해야 한다고 생각했다. 반면 우민희 씨는 중학생에게 얻어 먹을 수는 없다고 생각한 모양이다. 그녀는 황급히 손을 저으며 자신의 핸드백을 손에 쥐었다.

"내 주문은 내가 할게. 너도 뭔가 한 잔 더 마실래?"

내려다보니 내 앞의 길쭉한 컵이 바닥나 있었다. 우민희 씨를 기다리며 주문했던 아이스 녹차라테는 흔적도 없이 사라져 있었다. 조바심 때문에 일찍 온 것을 들킨 것 같아 나는 쑥스러웠다. 그러면서도 목이 타 거절하지 않았다.

"감사합니다. 블루베리 스무디 마실게요."

"그래."

우민희 씨는 주문대로 향했다. 혼자 남은 나는 크게 한숨을 내쉬며 긴장을 풀었다. 정작 만나기는 했는데 무슨 말을 어디서부터 시작해야 좋을까. 나는 머릿속을 일단 정리했다. 만나자고 한 것은 우민희 씨였으니 일단 그녀의 이야기를 먼저 들어봐야 내 궁금증도 어느 정도 정리해서 말할 수 있을 것 같았다.

주문을 한 것이 분명한데도 우민희 씨는 계산대 근처에서 카페의 굿즈를 구경하고 있었다. 음료수가 나오면 바로 받아올 모양이다. 음료수를 사이에 놓지 않고는 어색할 것 같아 그러는 건지도 몰랐다.

잠깐 엄마에 대해 생각하고 있는데 쟁반을 든 우민희 씨가 다가왔다. 쟁반 위에는 나의 스무디와 우민희 씨의 아이스 커피가 담겨 있었다. 나는 그것을 테이블로 옮기는 것을 도왔다. 빈 쟁반을 우민희 씨가 남은 의자 위에 얹어놓았다. 잠시 침묵이 흘렀다.

"어머니가 돌아가신 것은 참 안타까워. 힘들지?"

나는 어쩌면 내가 진작 들어야 했을 그 당연한 말에 조금 당황했다. 그 누구도 나에게 힘드냐고 물어봐 주지 않았다. 가장 날 위로해줬어야 할 어른인 작은아빠마저 내가 가만히 학교나 잘 다니고 있기를 바랐다. 엄마를 잃고 내가 얼마나 힘들지에 대해서는 전혀 궁금한 것 같지 않았다. 마찬가지로 나 역시 내가 얼마나 힘든지 스스로 돌아보지 않았다. 사실 엄마를 잃어 힘든 마음은 엄마가 죽은 원인을 밝히는 데 정신이 팔려 뒤로 밀어놓았다. 문득 음료수 잔을 잡고 있는 내 손목을 봤다. 상당히 가늘어져 있었다. 엄마가 돌아가신 이후 제대로 된 식사를 거의 하지 않았다는 걸 깨달았다.

"괜찮습니다."

나는 마음이 급했다.

"그런데… 왜 만나자고 하셨는지 듣고 싶어요."

조금은 풀어졌던 그녀의 얼굴이 다시 긴장하고 있었다.

"엄마가 선생님한테도 전화를 하신 거죠?"

중학생인 주제에 '우민희 씨'라고 부를 수도 없고 '그쪽'이라고 할 수도 없었다. 마땅한 호칭이 없어 '선생님'이라 불렀다. 그다지 거슬리지는 않는지 우민희 씨는 별다른 말 없이 대답을 했다.

"맞아."

"뭐라고 하셨나요?"

우민희 씨는 눈을 내리깔았다.

"그전에…"

그녀는 천천히 눈을 들어 나를 바라보았다.

"엄마가 직접 투신하신 게 맞는 거니?"

그걸 왜 묻는지 당장은 알 수 없었다.

"네, 맞아요."

"확실한 거야?"

"확실해요. 제 눈앞에서 떨어지셨으니까요."

생각지 못한 답변이었는지 우민희 씨는 두 손으로 자신의 입을 가렸다. 그러고는 커다래진 눈으로 나를 쳐다보았다. 그 눈동자가 흔들리고 있었다. 자신이 나의 커다란 아픔을 꺼낸 것은 아닌가 걱정하는 듯 보였다.

우민희 씨는 천천히 얼굴에서 손을 떼었다. 커피잔을 잡는 손이 미세하게 떨렸다. 그녀는 커피잔을 기울여 한 모금 마시고는 다시 내려놓았다.

"엄마가 평소에 어떠셨니?"

나는 그녀를 잠깐 쳐다보았다. 왜 그런 것을 물을까 싶은 마음이 들었다. 내가 알고 싶은 것은 엄마가 우민희 씨에게 전화를 걸어 뭐라고 했는지다. 그런데 그녀는 거기에 대해서는 말을 아끼고 있었다. 재촉하면 안 된다는 생각이 들었다. 그녀의 눈동자에 뭔가 의혹이 담겨 있는 게 보였다. 그것을 해소하지 않으면 입을 열지 않을 것이 확실했다.

나는 고개를 양쪽으로 저었다.

"별다른 거 없으셨어요. 워낙 저랑은 아침저녁으로만 만나니까 그렇게 느낀 건지도 모르겠는데요. 아, 저는 학교 가고 엄마는 출근하니까요. 좀 예민하게 굴거나 하는 일은 있었지만 그건 가끔 있는 일이어서 대단하게 생각하진 않았어요."

그러나 엄마의 일기장은 그렇지 않았다. 매일같이 자신이 하는 일에 대해 힘들어하고 있었다. 엄마가 달라진 걸 느끼지 못한 것은 내가 무심했기 때문인지도 몰랐다. 나는 그 점을 한탄스럽게 생각하고 있었다. 우민희 씨에게도 다이어리 속 일기에 대해서 이야기했다. 그녀는 그것을 주의 깊게 들었다. 그러나 살처분팀으로 배치되고 나서는 기록한 일기가 더 없다는 말에 실망하는 기색을 감추지 못했다.

"이런 말, 어떨지 모르겠지만⋯ 어떠셨니? 돌아가실 때 모습이⋯."

"무슨 뜻으로⋯?"

"혹시 뭔가를 피해서 도망간다거나, 뭐가 보인다던가."

내가 대답이 없자 그녀는 낮은 한숨을 내쉬었다.

"이상하게 들리는 건 알아. 근데 혹시나 그런 모습은 보이지 않았는지 묻고 싶어. 이유는 나중에 말할게."

내가 대답을 안 한 것은 그녀의 말이 이상하게 들려서가 아니었다. 우민희 씨의 질문이 곧장 내 머릿속에 엄마의 그 순간을 떠올리게 했기 때문이다. 크게 뜬 눈, 경악한 듯한 얼굴. 나는 그것이 자살하려던 엄마를 내가 발견했기 때문이라고, 지금껏 생각해왔다. 하지만 지금 우민희 씨는 그 이유가 아닐 수도 있다는 말을 하고 있는 셈이었다.

"말씀 그대로예요. 엄마는 베란다 밖으로 떨어지기 직전 뭔가 크게 놀란 얼굴이었어요. 저는 그게 저와 마주쳐서, 제게 엄마가 자살하려는 모습을 보여줬기 때문에 당황한 거라 생각했어요. 그게 아닌 건가요? 그게 아닌 거죠?"

우민희 씨는 뭔가 깊이 생각하는 듯 커피잔을 쥐고는 테이블을 내려다보며 아무 말도 하지 않았다. 커피잔 주변에 송골송골 물방울이 맺혀 조로록 떨어졌다.

"김인숙 주무관님이, 그러니까 너희 엄마가 전화했을 때 물어보신 건…. 뭔가 보이지 않느냐는 거였어."

나는 잠시 당황한 채 그대로 있었다.

"전화를 받았을 때, 나도 딱 너 같은 얼굴이었어. 그런 건 없다고 무슨 일이시냐고 물으니까 살처분 일을 맡은 지 얼마나 됐냐고 물으시더라."

"얼마나 되셨어요?"

"그때는 딱 2주 되던 날이었어."

"그래서 없다고 하니까 그냥 끊으셨나요?"

"아니."

엄마는 2주 됐다는 우민희 씨의 말을 듣고는 잠시 뭔가를 생각하다가 그곳의 살처분 약품을 물어봤다고 했다.

"이름은 잘 몰랐어. 관리자인 나와 다른 직원 하나가 약품을 탔어. 문을 닫고 살처분실에 연결된 기계에 액체를 부으면 거기서 가스가 발생되어 살처분실에 살포가 되는 거야. 그러고 나서 용역업체 직원들이 들어가 안락사된 고양이들을 옮겨 땅에 묻는 일을 했어."

목이 마른지 우민희 씨가 커피를 한 모금 더 들이켰다.

"내가 김인숙 주무관님께 무슨 일이냐고 물었지. 그랬더니 조심스럽게 얘기하셨어. 다른 데서는 말하지 말라고까지 하시면서 말이야. 나 말고 다른 세 곳에도 전화를 걸어봤다고 하셨는데…."

우민희 씨는 말을 멈추고 주변을 살짝 둘러보더니 상체를 앞으로 내밀었다. 그러곤 훨씬 작아진 목소리로 말했다.

"환청이나 환시 증세가 있다는 거야."

나는 입을 살짝 벌렸으나 무슨 말을 해야 좋을지 몰랐다. 사건의 양상이 내가 짐작했던 것에서 크게 벗어나 급류를 만난 느낌이었다. 나는 동물을 무척 좋아하던 엄마가 하기에는 힘든 업무였다고, 엄마의 자살 사유를 그렇게 생각했다. 그래서 다른 업무로 바꿔 달라는 엄마의 요청에 더 힘든 곳으로 보낸 시청의 행태에 항의하려고 했다. 시청의 사과를 받으면 돌아가신 엄마도 조금은 위로가 되지 않을까, 그런 생각을 했다. 그런데 우민희 씨가 하는 말은 완전히 달랐다. 엄마는 단순히 힘들어하던 것이 아니었다. 그녀의 말에 따르면 배치된 지 얼마 되지 않은 우민희 씨를 제외하고 세 지역의 담당관들이 환각 증세를 보였다는 말이다. 순간 머리에 엄마의 마지막 모습이 다시 떠올랐다. 그 경악하던 얼굴. 엄마는 단순히 나를 마주쳐서가 아니라, 현실 세계의 것이 아닌 어떤 것을 보고 있었던 게 아닐까.

"그, 그래서요?"

"나와 같이 팀을 하고 있는 직원이나 용역업체 직원들에게 비슷한 증상이 없는지 알아봐달라고 하셨어. 그런데, 난 거절했어."

"왜죠?"

우민희 씨가 곤란한 얼굴을 했다.

"솔직히 말할게. 김인숙 주무관님이 전화했을 때 나는 그분이 뭔가 문제를 삼을 거라고 생각했어. 벌써 세 사람에게나 전화를 걸었다고 하니까. 나는 그런 증상도 없고…. 그런 문제에는 끼어들고 싶지 않았어."

"…왜요?"

"난 겨우 1년 차였어. 공무원이 되기까지 3년 동안 작은 방에 틀어박혀 얼마나 공부만 했는지 넌 모를 거야. 잘못 문제를 일으켰다가 불이익을 받고 싶지 않았어. 게다가 환시, 환청이라니. 그런 건 개인적인 병일 수도 있잖아. 그 증거로 수십 개의 시에서 딱 네 명밖에 안 나왔다는 거잖아. 그래서 거절했어."

나는 곧장 CCACA라는 단어를 떠올렸다. 엄마는 결국 알아낸 거였다. 환각 증세를 보이는 사람들이 공통적으로 살처분에 사용되는 약품을 조제했다는 것을. 그리고 증세를 일으키는 약품의 이름을 확인해낸 거였다. 엄마는 그 약품의 문제를 공론화하려고 했던 것이다. 그래서 혼자 CCACA에 대해서 알아보려 했었다. 어쩌면 엄마가 전화했을 때 나머지 세 명의 증상도 그리 깊진 않았을지 모른다. 엄마 역시 혼자만의 착각으로 생각했을지도 모른다. 만약 처음부터 증상이 심각했다면 분명 정신건강의학과 선생님에게 상담했을 것이다. 하지만 지난번 그곳에 갔을 때 의사선생님은 그런 말씀은 하지 않았다.

이제 알겠다. 엄마는 CCACA에 대해 알아보려 했고, 그 문제를 찾아내려 했다. 그 와중에 헛것을 보고 베란다 바깥으로 뛰어내렸다. 어쩌면 괴물이나, 귀신 같은 거였을지도 모르겠다. 엄마가 공포물을 볼 때마다 질색하던 걸 떠올렸다.

"그런데 왜 이제 와서 절 만나자고 하신 거예요?"

나는 우민희 씨를 보았다. 곱지 않은 시선이었을지도 모르겠다. 우민희 씨는 고개를 잠깐 숙이더니 다시 얼굴을 들었다. 그녀는 아랫입술을 잠시 깨물었다가 이내 입을 열었다.

"보이기 시작했어, 나도."

2

우민희 씨와 헤어진 후, 나는 곧장 집으로 향했다. 복잡해진 머릿속을 정리해야 할 필요가 있었다. 엄마는 자살한 게 아니었다. 환각을 보았고, 그것이 자신만의 질환이라고 생각지 않았

다. CCACA. 나로선 아직 알지 못하는 그것이 부작용을 일으
킨다고 엄마는 판단했다.

엄마의 메모 속에 남아있는 네 명의 이름. 한 명은 사망, 한
명은 병가, 한 명은 부서 이동. 그리고 우민희 씨 역시 환각이
보이기 시작한다고 했다. 이대로 둘 수 없다. 앞으로 몇 명의
피해자가 더 생길지 몰랐다.

나는 우민희 씨에게 도움을 요청했다. CCACA에 대해 알아
봐 달라고 했다. 당연한 일이지만 나만의 노력으로는 진실을
아는 데 너무도 부족했다. 나는 우민희 씨가 당연히 도와줄 수
있는 부분까지 노력해줄 거라고 한 치의 의심도 하지 않았다.
그녀 역시 부작용이 시작되고 있었고, 나와 만나자고 한 것도
그녀가 먼저였기 때문이다. 그러나 우민희 씨의 대답은 예상
외의 것이었다.

"미안."

아마 그때의 나는 당황하기 그지없는 얼굴이었을 것이다.

"나는 도와줄 수 없어."

"왜죠?"

"너는 만약 이 환각 증상이 엄마의 다이어리에 적힌 그 약물

175

의 부작용이라는 게 확인된다면 어쩔 생각이지?"

나는 조금의 주저 없이 단호하게 대답했다.

"당연히 시청에 알려야죠. 이런 무서운 약물을 쓰면 안 된다고요."

그녀는 나를 빤히 보았다.

"그들이 정말 몰랐을 거라고 생각하니?"

내 입이 꾹 다물렸다.

"너희 엄마가 아무런 보고도 하지 않았을까? 다른 피해자들은? 그런데도 조용했다는 건 뭘 의미할 것 같니?"

머릿속이 뒤죽박죽되어 버렸다. 아무 말도 할 수 없는 사람처럼 그저 우민희 씨를 보았다.

"코로나 때 많은 사람이 죽었어. 초동 방역 조치를 제대로 못 했다는 엄청난 질타가 있었지. 그걸 또다시 겪을 수 없다고 판단한 거야. 어떻게든 빨리 사태를 마무리하기 위해서 약의 안정성을 검토할 시간조차 확보할 수 없었던 거야. 약의 부작용이 보고되는 건 어차피 일부였으니까."

나는 몸의 한기를 느꼈다. 다수를 위해 몇 명의 목숨은 어떻게 되든 상관이 없다는 걸까? 아니, 그들은 다수를 위해서도 아니었다. 자신들의 안위를 위해서였다. 그제야 나는 내년 지방 선거를 이야기하던 시장 비서의 걱정이 무엇인지 알 듯했다.

"도와주세요. 선생님이라면 도와주실 수 있을 거예요."

"어떻게?"

그 목소리가 조금은 냉정하게 느껴져 나는 당황했다.

"선생님이 말씀해주시면 모두 믿을 거예요. 우리 이걸 세상에 알려요. 저는 엄마가 나를 두고 자살했다는 오명을 꼭 벗겨드리고 싶어요. 사과를 받아야죠. 그리고 더 이상 피해자가 나오면 안 되잖아요."

우민희 씨는 깊은 한숨을 내쉬었다.

"그래서야. 나는 내부고발자가 되고 싶지 않아. 내가 이 자리를 얻기 위해서 얼마나 노력했는지 얘기했지? 나는 내 자리를 잃고 싶지 않아."

"그런 이유로 해고한다면 문제가 더 커질 텐데, 시청도 그러지는 못할 거예요."

나는 간절히 매달렸다. 그녀는 살짝 고개를 저었다.

"네가 아직 어려서 잘 몰라서 그래. 해고되지는 않더라도 분명 불이익이 있을 거야."

"선생님도 환각 증세가 일어난다고 하셨잖아요? 그건 어떻게 하시려고요?"

"사실 난 다음 주부터 다른 업무로 배치됐어. 임신했거든. 임신한 직원에게 그런 험한 일을 맡길 수는 없으니까."

나를 도와줄 거라고, 단 하나의 동아줄처럼 여겼던 우민희 씨를 나는 불신의 눈으로 보았다.

"그럼 왜 만나자고 한 거죠? 왜 여기까지 온 거예요?"

그녀는 잠시 침묵을 지켰다.

"내가 나설 순 없지만 조금이라도 돕고 싶어서…."

그녀는 말끝을 흐렸다. 어른으로서 잘못된 일을 바로잡는 데 나설 수 없다는 말을 하는 것이 부끄러운 모양이었다. 나는 핑계라고 생각했다. 자신의 자리를 잃을 수는 없지만 가만히 있는 것도 양심의 가책이 된다. 그래서 자신의 마음이라도 편해지고자 나를 찾아온 거라는 생각이 들었다. 머릿속에 내가 그동안 보아왔던 어른들이 지나갔다. 옆집 아저씨, 시장, 작은아빠, 기자, 그리고 우민희 씨. 그들은 진실을 원하지 않았다. 나는 그들을 아직 이길 수 없지만 두렵지도 않았다. 그들은 그저 자신들의 잘못을 가리기에 급급한 겁쟁이들일 뿐이다.

그런 생각까지 이어지자 화가 불끈 솟았다. 나도 모르게 주먹을 움켜쥐었다. 옆을 스쳐 지나가던 어린아이가 놀라서 쳐다보았다.

정신을 차리고 보니 어느새 아파트 엘리베이터 앞에 와 있었다. 나는 엘리베이터 문 상단에 붙어있는 층수 표시 패널을 확인했다. 20층에서부터 내려오고 있었다. 상향버튼을 누르고 잠시 기다렸다.

화가 나는 바람에 그들을 모두 싸잡아 비난하긴 했지만 앞이 깜깜했다. 엄마의 다이어리에서 CCACA라는 단어를 발견했을 때도 인터넷을 뒤졌지만 이렇다 할 정보가 나오지는 않았다. 앞으로 어떻게 그것을 확인해야 좋을지 몰랐다. 그리고 그것을 찾는다고 하더라도 엄마와 다른 이들에게서 보이는 환각 증세가 그 약으로부터 생긴 거라고 증명할 방법도 없었다. 나는 아직 중학생일 뿐이고 어른에게 기대지 않고는 아무것도 할 수 없는 약한 존재일 뿐이다.

뒤에서 발소리가 들렸다. 나는 무심결에 뒤를 돌아보았다가 얼굴이 경직되고 말았다. 상대도 흠칫, 걸음을 멈추었다가 내 옆으로 다가왔다. 성호 아저씨였다. 일요일이라 그런지 편한 트레이닝복에 슬리퍼를 신고 있었다. 한 손에는 편의점 봉투를 들고 있었다. 보지 않아도 안에는 분명 컵라면이며 김밥 같은 것들이 잔뜩 들어있을 거였다. 루게릭병에 걸린 아줌마가 눈 이외에는 아무런 움직임도 하지 못하게 됐을 때부터 아저씨의 일반적인 식사는 거의 이런 식으로 해결된다는 것을 나는 알고 있었다. 전 같았으면 반갑게 인사를 했겠지만, 지금은 그럴 수 없었다. 나는 어정쩡하게 고개를 돌렸다. 아저씨도 내 옆에 선 채로 딱히 인사를 건네지 않았다.

1층에 엘리베이터가 도착했다. 문이 열리고 안에 타고 있던 할머니가 내렸다. 할머니는 강아지를 품에 안고 있었다. 강아지 몸에 줄을 걸고 있는 걸로 보아 산책을 가는 길인지도 모른다.

할머니가 내린 후, 나는 곧장 엘리베이터 안으로 들어갔다. 아저씨가 타지 않았으면 했지만 뻔뻔하게도 아저씨는 곧장 안으로 들어와 닫힘 버튼을 눌렀다. 18층을 누르고 물러서자 엘리베이터 안에는 적막이 흘렀다. 입을 연 것은 아저씨가 먼저였다.

"넌 인사도 안 하냐?"

기가 막혔다. 이 아저씨가 지금 기억상실증에라도 걸린 건 아닌지 의심이 들었다. 자신이 우리 집에 들어와 돌아가신 엄마의 마지막 일기가 담긴 다이어리를 훔쳐간 사실을 잊고 있는 건 아닐까. 그렇지 않고서는 이렇게 뻔뻔하게 나올 수가 없다.

"아직 경찰서에서 연락이 안 갔나 보죠?"

아저씨는 큼, 헛기침을 했다.

"무슨 소리를 하는지, 원."

아저씨의 표정에는 죄책감이라고는 조금도 없었다. 기가 막히게도 당당한 표정이었다. 경찰이 우리 집에서 장갑흔이 나왔다고 말했던 사실이 떠올랐다. 자신이 우리 집에 침입한 흔적을 발견하지 못했을 거라고 자신만만해하는 것이다.

사실 경찰에서는 그 이후에 아무런 연락도 해오지 않았다. 내가 너무 답답해 전화를 해보면 조사 중이니 기다리라는 말을 하거나, 증거가 없어 조사가 쉽지 않다는 말을 반복했다. 게다가 잃어버린 것이 다이어리 하나 정도이지 않느냐는 말도 했다. 그건 그냥 다이어리가 아니었다. 엄마의 죽음을 밝힐 다이어리였다. 아빠가 우리를 버리고 혼자 가버린 것처럼, 엄마가 나를 혼자 두고 가버리지 않았다는 걸 증명할 수 있는 다이어리였다.

오죽했으면 남편이 자살을 했을까.

저 여자가 그렇게 독하대.

내 아들 살려봐.

그런 말들을 들으며 엄마는 혼자 마음을 삭였다. 그 괴로움을 나에게 줄 엄마가 아니었다. 그 다이어리는 엄마에게 씌워진 오명을, 그리고 내가 이 괴로움에서 벗어나게 해줄 유일한 증거였다.

땡, 하는 기계음 소리가 들리고 엘리베이터 문이 열렸다. 아저씨가 먼저 내렸고 뒤이어 내가 내렸다. 아저씨의 집과 우리 집의 현관문은 엘리베이터를 사이에 두고 서로 마주 보고 있다. 나는 현관문 앞에 이르렀지만 비밀번호를 누르지 않았다. 자신의 집 비밀번호를 누르던 아저씨가 뭔가 이상하다는 것을 눈치챘는지 뒤를 돌아보았다.

"안 들어가나?"

"비밀번호 바꿨거든요. 내놓고 누르다가 다른 사람에게 알려질까 봐 걱정돼서 말이죠. 이번에는 뭘 더 훔쳐갈지 어떻게 알겠어요."

나는 비아냥대듯 말했다. 아저씨는 심히 불쾌한 표정을 지으면서 입을 벌렸지만 아무 말도 하지 않았다. 고개를 홱 돌리고 나머지 비밀번호를 눌렀다. 아저씨의 집 번호키가 열리는 기계음이 났다. 아저씨는 화가 난 것처럼 문을 홱 젖혔다.

"어린애가 버르장머리 없이! 앞으로는….”

그때였다. 안에서 삑삑거리는 경고음 같은 것이 울려왔다. 아저씨는 눈을 크게 떴다. 그는 곧장 몸을 돌려 안으로 뛰어 들어갔다.

"안돼, 안돼!"

아저씨가 안으로 뛰쳐 들어간 뒤 현관문은 천천히 닫히기 시작했다. 나는 걱정되는 마음이 들기는 했지만 내 집을 향해 돌아섰다. 무슨 일일까 싶었다. 하지만 내가 상관할 일이 아니라는 생각도 동시에 들었다. 저 아저씨는 내 엄마의 마지막 흔적이 담긴 다이어리를 훔쳐 누군가에게 바친 사람일 뿐이다.

그러나 생각과 달리 나는 몸을 홱 돌렸다. 그리고 닫혀가는 아저씨의 집 현관문 사이로 손을 집어넣었다. 나는 아저씨의 집 안으로 들어갔다. 신발장 앞에는 신발이 없었다. 너무 급한 나머지 아저씨는 신발을 신고 안으로 들어간 것이다. 나는 신발을 벗고 안방을 향해 뛰어 들어갔다.

거기에는 아주머니가 있었다. 산소호흡기를 낀 채 겨우 연명해가던 아주머니였다. 아주머니의 몸이 놀랄 정도로 말라 있는 것이 보였다. 그러나 머리는 기름지지 않았고 입고 있는 옷은 깨끗했다. 피부 어디에도 상처나 발진 같은 것이 없었다. 그만큼 아저씨는 아주머니를 소중히 보살펴드렸다는 이야기일 것이다.

"이 사람아, 안돼…. 내 말 좀 듣고 가야지!"

아저씨는 울부짖고 있었다. 아주머니의 깡마르고 휘어진 손을 붙잡고 아저씨는 오열했다. 그러던 아저씨가 번뜩 눈을 떴다. 그는 두 손을 아주머니의 가슴 위로 올렸다. 나는 아저씨가 무슨 일을 하려는지 알았다. 놀라서 그 손목을 잡았다. 아저씨가 나를 보았다. 눈물로 엉망이 된 얼굴이었다.

"아저씨."

아저씨가 아주머니에 대해 말한 적이 있었다.

"루게릭은 정말 잔인한 병이야. 온몸이 굳어가도 정신만은 또렷하지. 그게 뭘 말하는지 아니? 자기 대소변을 받아내는 걸 똑바른 정신으로 묵묵히 지켜봐야 한다는 소리야. 우리 아내는 결혼한 뒤, 내 앞에서 옷도 안 갈아입던 사람인데… 이건 인간의 존엄성을 무너트리는 병이야. 정말 잔인한 병이지. 나는 가끔 생각해. 아내는 차라리 죽는 걸 바라지 않을까. 저렇게 목숨만 붙어있는 것보다 차라리 편해지는 게 낫지 않을까? 우리 아내는 말이야. 말을 할 수 있다면 아마 연명치료를 거부했을지도 몰라."

그런 상황에 심폐소생술을 한다는 건 아저씨의 이기적인 결정이 될지도 몰랐다. 다시 심장을 살려 놓는다고 하더라도 아주머니는 회복을 바랄 수 없는 상태다. 죽음보다 더 괴로운 생을 얼마간 더 살게 하는 잔인한 짓이 될 수도 있다.

아저씨의 손목을 잡은 뒤에야 나는 그의 손이 힘없이 벌벌 떨리고 있다는 걸 알았다. 그의 손목을 놓아주며 말했다.

"결정하세요. 아저씨."

"하, 할 말이 있어. 아무 말도 못 하고 보낼 수는 없어."

아저씨는 두 손을 벌벌 떨며 내 손을 잡았다.

"도와줘!"

나는 잠시 고민했다. 그러나 지체할 시간은 없었다. 나는 곧장 아주머니의 침대 위로 뛰어 올라갔다. 아주머니의 작은 몸을 다리 사이에 두고 가슴 중앙에 깍지 낀 두 손을 올렸다. 심폐소생술을 하는 방법은 학교에서 직업체험 교육을 할 때 119 대원분들에게 직접 배운 적이 있어 알고 있었다. 나는 빠르게 가슴 압박을 하며 소리를 질렀다.

"119에 전화하세요."

아저씨는 당황한 얼굴로 주머니를 뒤적이더니 밖으로 뛰어 나갔다. 아까 가지고 들어오던 편의점 봉투 안에 핸드폰이 들어있는 모양이었다. 아저씨가 더듬거리는 말로 119에 신고하는 것을 들으면서 나는 가슴 압박을 멈추지 않았다. 얼굴에서 땀이 뚝뚝 떨어졌다. 이마에서 시작한 땀이 볼을 타고 목 아래로 흘러 내려갔다.

119 대원들이 도착하기까지는 7분여의 시간이 걸렸다.

"우리에게 인계해주세요."

그 말이 떨어지기 무섭게 나는 침대에서 뛰어 내려왔다. 119 대원들이 아주머니에게로 달려들었다. 그들은 아주머니에게 어떤 기계를 연결했다. 뒤로 물러선 나는 가쁜 호흡을 내쉬며 그대로 주저앉고 말았다. 나 역시 두 손이 벌벌 떨렸다. 심폐소생술이 힘들었던 것도 있었지만 아주머니를 살리지 못할까 봐 두려웠다. 나는 심폐소생술을 하며 내내 엄마를 생각했다. 만약 엄마가 이런 상태였다면 나 역시 엄마를 쉽게 보낼 수 없었을 터이니 말이다.

"심장 뜁니다."

"빨리 병원으로 이송하겠습니다!"

다른 구급대원들이 들것을 들고 들어왔다. 아주머니는 들것으로 옮겨졌다. 그들은 아주머니를 집 밖으로 옮겼다. 구급대원 한 명이 엘리베이터를 잡아놓고 있었다. 아주머니를 실은 들것을 잡고 있던 구급대원들이 엘리베이터 안으로 뛰어 들어갔다. 엘리베이터가 꽉 차 아저씨와 나는 그대로 계단을 뛰어 내려갔다.

숨이 찬지도 모르고 내려간 동 앞에는 구급차가 서 있었다. 아주머니는 이미 차 안에 눕혀 있는 상태였다.

"어느 병원입니까?"

"은파대학병원으로 가주세요!"

아저씨가 울음이 섞인 목소리로 외치며 차에 올라탔다. 나 역시 다른 생각도 하지 못한 채 구급차에 올라탔다. 문이 닫히고 구급차가 요란스러운 경보음을 내며 달리기 시작했다.

아저씨는 아주머니의 손을 꼭 붙잡고 계속 뭔가 중얼거리고 있었다.

"제발."

나는 나도 모르게 아저씨의 어깨를 감싸 안아주었다.

3

병원에 도착하자 아주머니는 환자 침대로 옮겨지고 곧장 수많은 기계에 연결됐다. 의사와 간호사들이 아주머니를 둘러싸고 다급히 무언가를 하고 있었다. 아저씨는 한 발짝 떨어진 곳에서 다시는 움직일 수 없는 사람처럼 붙박여 오열하고 있었다. 나는 그 뒤에서 그 어느 것도 하지 못하고 그냥 서 있을 뿐이었다.

문득 내 양손을 들여다보았다. 정말 잘한 일이었을까. 좀전의 아저씨는 거의 제정신이 아니었다. 나라도 말렸어야 하는 건 아닐까. 아주머니는 이제 이 싸움을 멈추고 편해지고 싶었던 게 아닐까. 수없이 오가는 생각 속에 나 역시 아저씨처럼 자리를 뜰 수가 없었다.

병원에 도착한 지 30여 분쯤 지나자 간호사와 몇몇 의사들이 물러가고 의사 가운을 입은 한 사람만 남았다. 아주머니는 이제 안정이 된 걸까? 살아난 걸까? 그래서 예전처럼 눈동자로라도 의사표시를 할 수 있는 정도가 된 걸까? 나는 기대하며 한 발짝 앞으로 나섰다. 아저씨는 그가 신이라도 되는 듯 의사의 팔을 붙들었다.

"괜찮습니까, 우리 아내? 살았습니까?"

나 역시 침을 꿀꺽 삼키고 의사를 응시했다. 의사는 살짝 고개를 떨궜다.

"죄송합니다. 오늘이 고비일 것 같습니다. 1인실로 옮기셔야 합니다."

아저씨의 어깨가 눈에 띄게 처졌다. 이제는 울음도 나오지 않는 듯 끄덕끄덕, 고개만 두 번 움직였다. 의사는 1인실로 옮겨지면 다시 뵙겠다며 아저씨에게 예의를 갖춰 허리를 숙였다.

아주머니가 누운 침대가 다시 움직이기 시작했다. 아저씨가 천천히 그 뒤를 따랐고, 어찌해야 할 바를 몰라 안절부절못하던 나도 결국 침대를 따라 1인실까지는 가기로 했다. 이동하는 과정에서 다인실을 지나칠 때야 나는 어렴풋이 의사의 말을 이해했다.

아주머니는 곧 죽는다. 여러 환자가 있는 곳에서 사망하면 다른 환자들의 충격도 있을 수 있으니 1인실에서 마지막을 맞아야 한다는 얘기였다. 나는 주먹을 꼬옥 쥐었다. 내가 한 일이 아주머니를 더 힘들게 한 게 아닐까 하는 생각이 들었다.

1인실은 꽤 넓었다. 환자용 침대가 있었고, 맞은편 벽에는 소파와 보호자용 침대도 놓여 있었다. 보호자용으로 놓인 침대는 일반 가정에서 쓰는 것이었다. 고급은 아니지만 장롱도 놓여 있었다. 다인실에서 쓰는 것보다 훨씬 큰 것이었다. 환자 옷과 보호자 옷을 넣으라는 용도겠지만 아주머니나 아저씨 둘 모두, 그 안에 넣을 옷은 없었다.

병실로 옮겨진 아주머니는 아예 눈도 뜨지 못하고 있었다. 아저씨는 아주머니 옆에서 그 얼굴을 빤히 보고 있었다. 아저씨가 무슨 생각을 하는지 몰라서 나는 감히 말도 걸지 못하였다. 아저씨에 대한 배신감과 원망은 이 순간 조금도 느껴지지 않았다.

노크 소리가 들리고 간호사 한 명과 함께 아까 응급실에서 보았던 의사가 들어왔다. 의사는 간단히 묵례하고는 아저씨 앞에 섰다. 그는 굉장히 차분하고 다정한 어조로 아저씨에게 말했다.

"오늘을 넘기기 힘들 것 같습니다. 마음의 준비를 하셔야 할 것 같습니다."

"네…."

"그리고 이거, 사인하시겠습니까?"

그가 들고 온 파일을 아저씨에게 내밀었다. 조금 떨어진 곳에 서 있어서 잘 보이지 않았지만 제일 위에 큰 글씨는 볼 수 있었다.

'심폐소생술 거부 서약서'

그것에 대해 나는 조금 알고 있었다. 심폐소생술을 해도 회복할 가망이 없는 환자들에게 연명치료인 심폐소생술이나 심장충격기 사용 등을 거부하겠다는 서약서였다. 한 번만 더 아까 같은 상황이 벌어진다면 그대로 아주머니를 보내겠다는 이야기이기도 했다.

아저씨는 그것을 받아들고 한참이나 주저했다. 아저씨의 결정을 기다리던 의사가 말했다.

"아내분의 경우 심장마비가 오면 소생하시는 것이 더 괴로울 겁니다."

아저씨도 그건 알고 있을 거라고 나는 외치고 싶었다. 차마 거기에 사인을 하지 못하는 것뿐이다. 마지막까지 '혹시' 하는 희망을 놓고 싶지 않은 것이다.

"예상하셨지 않습니까?"

달래듯 의사가 말했다. 아저씨는 퍼뜩 고개를 들었다. 아저씨 얼굴이 잔뜩 일그러져 있었다.

"죽을 거라고… 예상한 적은 없습니다. 이제 다시 일어서는 일이 생길 거라고는 생각하지 않았지만 매일 그렇게 누워 있을 거라고, 눈알을 굴리면서 필요한 걸 달라고 할 거라고 생각했지, 정말로…."

아저씨는 말을 끝맺지 못했다. 울음을 터트리며 그 자리에 주저앉고 말았다. 의사는 무릎을 굽히고 앉아 아저씨 어깨에 팔을 얹었다.

"저기 기계가 더 이상 움직이지 않을 때까지, 마지막 순간까지 임순해 씨는 들을 수 있습니다. 그러니 진정하시고 마지막으로 하고 싶은 말을 전해주세요. 떠나시는 동안 임순해 씨가 불안하지 않도록요."

그 말은 아저씨에게 힘이 된 듯했다. 아저씨는 고개를 끄덕이며 일어섰다. 몸이 휘청거리기는 했지만, 정확히 환자 침대 옆 보호자 의자에 앉았다. 의사가 허리를 숙여 인사하며 말했다.

"무슨 일 있으시면 바로 벽에 붙은 콜버튼을 눌러주세요."

아주머니가 죽는다면. 의사의 말은 그것을 뜻했다.

의사가 나간 뒤 아저씨는 아주머니의 손을 잡았다. 나는 그 모습을 잠깐 바라보다가 뒤돌아 병실을 나왔다. 아저씨가 아주머니에게 편하게 이야기해야 할 시간이라 생각했다. 살아오시는 그동안 마음에 담아뒀던 일도, 미안한 일도 전부 토해낼 시간이 아저씨에게는 필요했다.

나는 병원 1층 로비로 내려왔다. 집으로 돌아갈 생각이다. 내가 여기에 있으면 아저씨도 불편할 것이다. 집으로 걸어가며 아저씨와 아주머니를 생각했다. 아저씨는 아주머니에게 무슨 말을 할까? 웃기는 이야기지만 나는 그마저도 부러웠다. 나는 엄마에게 마지막 한마디도 해주지 못했다. 사랑한다는 말도, 지켜주지 못해 미안하다는 말도.

다음 날 아침 눈을 떴을 때, 나는 가장 먼저 핸드폰을 들여다보았다. 부재중 전화나 문자는 단 한 통도 없었다. 당연한 일이었다. 아저씨는 내 연락처를 모른다. 나 역시 마찬가지다. 학교에 가고 싶지 않았지만 작은아빠가 머릿속에 떠오르자마자 급히 세수를 하고 등교 준비를 했다.

학교에 도착했을 때 가장 먼저 눈에 들어온 것은 제영이었다. 제영은 책상에 엎드려 꼼짝도 하지 않고 있었다. 밤새 뭘 했길래 아침부터 잠이나 퍼질러 잘까 싶은 마음에 가까이 다가가 어깨를 쳤다. 제영이는 간신히 손만 들어 올려 흔들었다. 인사는 아니고, 건드리지 말라는 제스처다.

"어디 아파?"

내 목소리를 확인한 제영은 간신히 상체를 들었다. 나는 조금 놀랐다. 얼굴에 열꽃이 피었고 눈이 풀려 있었다. 몸에는 힘이 하나도 없어 보였다. 얼마나 거친 숨을 쉬는지 쓰고 있는 마스크가 펄럭거리며 입안으로 들어갔다가 나오기를 반복하고 있었다.

"왜 이래?"

나는 재빨리 손을 제영이 이마에 가져다 댔다. 굉장히 뜨거웠다.

"많이 아픈 거야? 열이 많이 나는 거 같은데."

"온몸이 타들어 가는 것 같아. 관절 마디마디가 쑤셔. 머리도 쥐어짜는 것처럼 아파. 나 이러다 죽는 거 아니냐?"

"혹시 CIF 아니야?"

나는 머릿속에 떠오른 생각을 곧장 입 밖으로 냈다. 제영은 미간을 찌푸리고는 다시 책상에 얼굴을 묻었다.

"벌써 그 얘기는 997번째 들었다. 안됐네, 1000번 이벤트에는 당첨되지 못하셨습니다."

그렇게나 아프다면서 제영의 농담은 여전했다. 나는 걱정스러운 어조로 물었다.

"자가 검사 해봤어?"

CIF가 유행한 뒤 학교에서도 몇 번쯤 자가 검사키트를 학생들에게 나누어줬다. 증상이 있는데도 학교에 나와서 퍼트리지 말고 집에서 자가 검사키트를 해보고 양성이 나오면 당장 병원으로 가라는 의미였다. 당연히 제영의 집에도 자가 검사키트가 몇 개쯤 남아있을 것이었다.

제영은 엎드린 채로 대답했다.

"집에서 나올 때까지는 이 정도는 아니었어. 그냥 콧물이 좀 나온다 싶은 정도였는데… 갑자기 이러지 뭐야."

"그럼 빨리 선생님한테 말해야지."

"그러잖아도 죽자 살자 교무실 내려갔는데, 없더라. 들어오시면 말해야지."

그대로 제영은 축 늘어져버렸다. 나는 왠지 마음이 조급해졌다. 다행히 조회 시간은 채 3분도 남지 않았다. 담임선생님은 늦지 않게 앞문을 열고 들어왔다. 선생님이 교단에 서기도 전에 나는 손을 들어 선생님을 불렀다.

"제영이가 아파요!"

선생님은 재빨리 제영이 쪽으로 다가왔다. 제영의 이마를 만져본 선생님 역시 상황이 심상치 않다고 생각하는 눈치였다.

"열이 많네. 혹시 CIF 아냐?"

"선생님은 오늘 그 말을 998번째 하셨습니다. 안타깝게도 1000번째 이벤트에는…."

열에 들떠 중얼대는 제영이의 머리를 내가 살짝 눌렀다.

"시끄러워. 조용히 있어."

"고양이는 안 만졌습니다만."

"사람끼리도 옮는 거 모르냐? 일단 일어나. 빨리 선별 검사소로 가봐야 할 것 같아. 부모님한테는 내가 연락해줄 테니까 일단 보건실에 있어."

선생님은 자신이 쓴 마스크를 다시 한번 고쳐 쓰고는 제영을 부축해 일어나게 했다. 제영은 장난할 기운도 없는지 아무 말도 없이 선생님의 부축을 받고 거의 끌려가다시피 교실을 나갔다.

나는 그날 하루 종일 정신이 없었다. 제영이도 걱정되고 아저씨와 아주머니는 어떻게 됐는지도 신경이 쓰였기 때문이다. 쉬는 시간 중간중간 제영이에게 문자를 보내봤으나 답변은 없었다.

수업을 마치고 제영이에게 전화를 걸어봤지만 역시 받지 않았다. 많이 아픈가 싶었지만 내일이면 제영이에 대해서는 알 수 있을 거라 예상했다. 만약 CIF에 걸렸다면 우리 반 전원이 선별 검사소에서 PCR 검사를 해야 하기 때문이다. 걸리지 않았더라도 상태가 어느 정도인지는 선생님이 이야기해줄 것이다. 나는 제영이를 찾아가는 대신 택시를 잡아타고 은파대학병원으로 향했다.

잠깐 기억이 나지 않아 당황했지만 아저씨와 함께 올라갔던 아주머니의 1인 병실이 9층임을 금방 떠올렸다. 9층으로 올라가 아주머니를 입원시켰던 3호실의 문을 노크했다. 안에서는 아무런 대답이 들려오지 않았다. 아저씨가 잠들었나, 하고 생각했지만, 그 밑바닥에는 '혹시?' 하는 심정이 깔려 있었다.

"무슨 일이시죠?"

뒤에서 여자의 맑은 목소리가 들렸다. 돌아보니 간호사복을 입고 있는 여자가 친절한 미소를 띠며 말했다.

"어제 여기 입원하셨던…?"

아주머니 이름이 기억나지 않아 말끝을 흐렸으나 간호사는 금방 무슨 소리인지를 깨닫고는, 안타깝다는 듯 눈썹을 팔(八)자로 만들더니 작은 목소리로 말했다.

"거기 입원하셨던 분, 운명하셨습니다."

나름 예상하고 있었지만, 나는 조금 충격을 받았다.

"그럼 어디로…?"

"장례식장으로 가보시면 될 것 같아요."

그녀는 친절하게 장례식장의 위치를 말해주었다. 장례식장은 본관을 나가 암 병동인 별관 뒤쪽에 자리 잡고 있었다. 살아서 건강하게 나가는 사람과 죽어서야 나가는 사람이 이 병원 한곳에서 교차한다고 생각하니 이상한 기분이 들었다.

나는 장례식장에 도착해서야 아저씨가 몇 호실에 있는지 물어본다는 걸 깜박했음을 인지했다. 다행히 호실마다 상주의 이름이 적혀 있었다. 아저씨의 이름을 찾아 복도를 걸었다. 거의 끝까지 갔을 때 아저씨의 이름을 찾을 수 있었다.

벽을 따라 시청이며, 각종 업체에서 온 조화들이 죽 늘어서 있었다. 그에 비해 내부는 한산했다. 국가의 방역지침에 따라 장례식장에는 동시에 100명 미만의 조문을 받을 수 있었다. 게다가 CIF가 한창 퍼지고 있는 상황이니 앉아서 식사를 하기도 마음이 편치 않았을 것이다. 내가 들어갈 때 조문실에서 나오던 한 사람도 객실을 지나 바로 밖으로 나갔다.

나는 조심스럽게 안으로 들어갔다. 아저씨가 인기척에 고개를 들었다. 나를 보고 조금 놀라는 표정이었지만 곧장 자리에서 일어났다. 나는 정면에 놓인 아주머니의 영정사진을 보았다. 수목원 같은 곳으로 보이는 곳에서 활짝 웃고 있는 모습이었다. 민소매 아래로 보이는 팔은 보기 좋게 살이 붙어있었고 살짝 그을려 건강해 보였다. 내가 한 번도 본 적이 없는 아주머니의 모습이었다.

집에서 검은색 옷을 제대로 갖춰 입고 왔어야 했다는 생각이 들었지만, 교복 역시 어두운 색깔이라 괜찮지 않을까 하며 두 번 반의 절을 했다. 절을 하면서 아주머니의 명복을 빌었다. 그리고 나로 인해 어쩌면 괴로운 시간이 연장됐을 아주머니에게 죄송하다는 사죄의 말도 마음속으로 몇 번이고 되뇌었다.

절을 마치고 아저씨를 향해 돌아섰다.

"삼가 고인의 명복을 빕니다."

나는 아빠의 장례 때 어른들이 말했던 대로 따라해 보았다. 아저씨는 조금 놀란 얼굴을 했지만 곧 슬쩍 웃으며 "감사합니다"라고 답했다. 그다음은 어떻게 해야 하지, 하고 생각하는데 그 멋쩍은 순간을 아저씨가 먼저 깨주었다.

"잠깐 앉을래?"

4

"11시 45분이었어."

나란히 벽에 기대앉아 정면을 응시하고 있던 내게 아저씨가 먼저 말했다. 나는 고개를 돌려 아저씨를 보았다. 나를 돌아보는 아저씨의 얼굴에 슬픈 미소가 띠었다. 마스크로 인해 입은 보이지 않았지만 눈이 웃고 있었다. 그건 울고 있는 것과 다르지 않았다. 나는 그 웃음만으로 아저씨가 말한 시각이 뭔지 알았다. 그러나 내 입으로 말하지는 않았다.

"사망한 시각이."

"네."

나는 간단히 고개를 끄덕였다. 복잡한 생각이 지나갔다. 아주머니는 잠깐의 수명 연장으로 더 고통스러웠을까, 아니면 아저씨의 마지막 말을 들어 다행이라고 생각했을까.

"그때 말이야, 고민했어. 내가 그 사람을 더 힘들게 하는 건 아닌지 해서 말이야. 더 고통스럽게 하는 걸까 봐. 나는 분명 그 사람에게 마지막으로 꼭 하고 싶은 말이 있긴 했지만 그건 단순히 내 욕심이었을까 봐…."

아저씨도 나와 비슷한 고민을 한 것이다.

"그래도 약속했어. 마지막 순간에 서로 손 꽉 잡아주고 사랑한다고 말해주기로. 그리고 그 사람이 떠나는 길이 불안하지 않게 나도 잘 살 거라고 약속해주기로."

그날, 1인실에 아저씨를 혼자 두고 나올 때 아저씨가 아주머니의 손을 잡던 장면이 머릿속에 떠올랐다. 굳이 보지 않아도 아저씨가 아주머니에게 어떤 말을 했는지 알 것 같았다. 사랑한다고, 그리고 혼자 남아도 아저씨 역시 잘 살 거라고. 그리고 미안하다고….

"난 후회하지 않아."

아저씨는 자신에게 다짐을 하듯 고개를 한 번 크게 끄덕였다. 그러고는 내 머리에 자신의 손을 얹고 쓱쓱 쓰다듬었다. 머리가 흐트러지는 걸 알았지만 피하지는 않았다.

"너한테는 미안하다. 신세를 졌구나."

"그런 말까지는 안 하셔도 돼요."

나는 멋쩍어 향로를 보았다. 네 개의 향이 조용히 연기를 피워올리고 있었다. 아빠의 장례식 때 엄마에게서 들은 말이 생각났다. 향은 홀수여야 한다고. 근데 조문객이 와서 하나씩 꽂아놓으면 짝수가 되기 십상이었다. 밖은 조용했다. 당분간 조문객이 뜸할 것 같았다. 나는 일어나서 향을 하나 더 피워 올렸다. 그 모습을 아저씨는 조용히 지켜보았다. 내가 원래 앉았던 자리에 돌아가 앉았다.

"내가 밉지 않니?"

나는 낮은 한숨을 쉬었다. 여기서는 그것에 관련된 말은 최대한 하지 않으려 했다. 하지만 아저씨가 먼저 이야기를 꺼내니 대답을 안 할 수도 없었다. 장소가 이런 곳이라고 내 솔직한 심정을 좋게 돌려 말할 생각도 없었다.

"미운 것 정도겠어요? 원망스럽죠. 아저씬 제 적이에요."

아저씨가 쓸쓸하게 웃었다. 살짝 구겨진 미간으로 아저씨가 마스크 속에서 어떤 표정을 짓고 있는지 훤히 보였다.

"그럴 테지. 원망스럽겠지."

"그 다이어리는 제게 남은 엄마의 마지막 흔적이었어요. 유품이었다고요."

"알아."

"그거 어떻게 했어요? 버렸어요?"

아저씨는 대답을 하지 못했다.

"다른 사람 갖다줬어요?"

아저씨의 이맛살이 살짝 찌푸려졌다. 시장의 얼굴이 머릿속에 떠올랐다. 나는 분한 마음이 울컥 쏟아지려 했지만 간신히 참았다.

"너희 엄마는 내 아내가 누워서 일어나지 못할 때쯤부터 자주 우리 집에 와줬어. 내가 음식 같은 걸 당연히 못 할 거라고 생각해서 매일 먹을 걸 싸 들고 왔지. 혀가 굳어 알아듣기 힘들 텐데 아내와 대화도 열심히 나눠줬어."

알고 있다. 엄마는 정이 많은 사람이었다.

"그런데 결국 내가 배신한 셈이구나."

"셈이 아니라 배신이죠."

아저씨는 조용히 소리 내어 웃었다.

"우리 집에 들어왔을 때 그 장비들 봤지? 산소통도 보고."

아주머니의 몸에 연결되어 있는 수많은 장비를 떠올리며 나는 고개를 끄덕였다. 엄마의 얘기를 하다가 갑자기 이 이야기가 왜 나오는지 의아했지만 따로 묻지는 않았다.

"그게 비용이 무척 비싸."

그래서요? 묻는 대신 나는 아저씨를 바라보았다.

"아침에 내가 출근해서 퇴근할 때까지는 요양사를 써야 하지. 그 비용만도 3백쯤이고."

3백이란 건 3백만 원을 말하는 것일 테다. 나는 엄마의 월급을 떠올렸다. 정확히는 모르겠지만 한 달 월급이 거의 요양사 월급으로 나간다는 이야기다. 거기에 장비와 산솟값을 더하면 아저씨는 숨만 쉬고 살아도 빚을 질 수밖에 없을 것이다.

"네가 처음 시청에 왔을 때 내가 아는 척했던 거 기억나니?"

또 이야기가 바뀌었다. 아저씨의 이야기는 어디로 튈지 종잡을 수 없었다. 그러나 어느 한 지점으로 달려가는 것은 분명했

다. 나는 감으로 알았다. 아저씨가 뭔가 바뀌었다는걸. 가슴 밑
바닥에서 옅은 기대감이 일렁였다.

"네, 그랬었죠."

"그때 봤던 직원이 있었나 봐. 경비원일 수도 있고 다른 직원
일 수도 있지. 너와 아는 사이라는 얘기를 들었는지 윗선에서
나를 불렀어. 네가 말하는 엄마의 다이어리를 가지고 오라는
명령을 들었지."

"그래서 냉큼 갖다줬어요?"

나도 모르게 비난하는 말투가 튀어나왔다.

"고민했어!"

아저씨의 목소리가 갑자기 높아졌다. 내가 쳐다보자 아저씨
는 곧 고개를 숙이며 땅을 내려다보았다.

"그런데 두려웠어. 지방의 한직으로 발령이라도 낼까 봐. 그
런 데서는 아내의 치료를 제대로 하지 못하니까. 그래서 그렇
게 비겁하게 굴 수밖에 없었어."

아저씨는 크게 숨을 들이켰다.

"미안하다."

엄마는 아저씨 부부를 위해 아낌없이 친절을 베풀었다. 그런

데도 아저씨는 나를 배신했다. 엄마도 배신한 셈이었다. 그런데 더 이상은 밉다는 말이 나오지 않았다. 어른들에게는 그들만의 사정이 있다. 내가 처음부터 바랐던 것은 잘못에 대한 인정과 사과였다. 이번 일이라고 해서 다르지 않다.

"괜찮다고는 말할 수 없어요. 하지만 이해해요."

"엄마 다이어리를 당장 되찾아주겠다는 약속은 못 해. 그래도 늦었지만 내가 널 도울게."

나는 잠시 고민했다. 아저씨에게 어디까지 이야기해야 좋을지 선뜻 정할 수가 없었다. 하지만 아저씨를 다시 한번 믿어보기로 했다. 뭔가 정보를 들을 수 있는 것은 이제 아저씨 말고는 없었다. 나는 엄마의 다이어리에 적힌 네 명에 대한 이야기를 자세히 했다. 마지막에 적혀 있던 우민희 씨를 만난 이야기도 빼먹지 않았다.

"엄마가 환각을 봤다고?"

아저씨는 놀란 얼굴이었다.

"저도 생각지 못한 일이에요. 저한테는 한 번도 그런 말씀을 하지 않으셨으니까요. 하지만 다른 지역에서 같은 일을 하던 분들 중 한 분은 돌아가셨고, 병가를 내신 분도 있으셨어요. 우

민희 씨는 이제 증상이 나타난다고 하셨고요. 하지만 증언을
해줄 수는 없다고 했어요."

아저씨는 고개를 끄덕였다. 쉬운 일이 아님을 공감하는 것이
리라.

"엄마는 분명 환각 상태에서 뭘 본 걸 거예요. 이제야 이해가
가요. 놀라던 그 얼굴은 공포에 질린 것이었어요. 나를 봐서 놀
란 게 아니라 제가 알지 못하는 어떤 괴물 같은 것을 본 것이에
요. 스스로 뛰어내린 게 아니라 그 괴물을 피해 도망친 거였다
고요."

나는 아랫입술을 꾹 깨물었다.

"하지만 이 말을 누가 믿어주겠어요. 아무 증거도 없는데요.
또다시 시위를 나가봐야 똑같은 일이 벌어질 거예요. 하지만
이대로 있을 수는 없어요."

두 주먹을 불끈 쥐었다.

"아직도 엄마와 같은 일을 하고 있는 사람들이 있잖아요. 더
이상 엄마 같은 죽음을 만들어내서는 안 돼요. 어떻게든 증거
를 찾아 세상에 알리고 싶어요."

아저씨는 침묵했다. 그동안 우리 사이에는 맞은편 벽에 걸린

시계 초침 소리만 들려왔다. 벌써 열한 시가 되었다. 조문객이 없는 것이 이해가 되었다. 향로를 보니 아까 피웠던 향까지 거의 다 타들어가고 있었다. 나는 말없이 일어나 향로 쪽으로 다가갔다. 그리고 향을 세 개 집어 불을 피웠다. "향에 붙은 불은 입으로 불어 끄는 게 아니야." 엄마의 목소리가 들리는 것 같았다. 나는 향을 흔들어 불을 껐다. 하얀 연기가 S자를 그리며 공중으로 흩어졌다. 다시 아저씨의 옆으로 갔다.

"사실⋯."

기다리고 있었다는 듯 아저씨가 입을 열었다.

"나도 그동안 CCACA에 대해 알아보고 있었어."

나는 눈을 부릅뜨고 아저씨를 보았다.

"자세히 알게 된 건 아직 없어. 케로나라는 나라에서 수입해서 온다는 것뿐."

"수입이요?"

"응. 원래 발병 초창기에는 고양이를 살처분할 때 매립 방법을 썼었어. 산 채로 생매장을 했었다는 거야. 그런데 동물협회에서 문제를 삼고 나섰지."

"그건 알아요."

"응. 그래서 그다음으로는 안락사 방법을 썼는데, 겉에서는 그게 차라리 고양이를 위해 좋은 방법이라고 생각했을지 모르지만 문제가 있었어. 한 마리 한 마리 안락사시키는 게 비용도 많이 들고 시간도 너무 많이 걸렸지."

비용과 시간. 왠지 그들이 문제 삼을 거리가 충분하다고 느껴졌다.

"그때 마침이라고 해야 하나…. 안락사를 담당하던 수의사 중 한 명이 자살을 시도했어. 다행히 실패로 끝났지만. 살아있는 고양이들을 계속 죽여야 하는 그 마음도 좋지 않았을 거야. 스트레스와 우울증이 중증도를 넘어섰다고 해. 그래서 시에서는 다시 고민했어. 그러다 나온 방안이 CCACA야. 기존 안락사를 위한 주사제를 수입하던 곳 말고 제3국인 케로나에서 CCACA를 수입한 거야. 비용도 절반으로 줄어든 데다 사용법도 간단해. 고양이들을 한곳에 가둬두고 바깥으로 난 구멍을 통해 가스만 발생시키면 되는 거야. 독가스이기는 하지만 작은 동물들에게만 치명적인 걸로 알려져 있어. 케로나 역시 CIF에 대한 대응 방법으로 그 약을 쓰고 있다고 하니까 결재도 금방 떨어졌지. 우리가 사용하고 나서 다른 지역에서도 그 약을 수입하기 시작했어."

"그 약도 안락사를 시키는 거였나요?"

아저씨는 어두운 얼굴로 고개를 저었다.

"그게 비밀에 부쳐져 있어. 그걸 쉬쉬하는 게 무슨 뜻이겠니? 안락사가 아니라는 거야. 고양이들에게 고통이 없지는 않다는 거지. 시장은 지금 간절해. 내년 지방 선거 때문에라도 고양이를 안락사시키지 않았다는 것도, 안정성을 검토하지도 않고 일을 빨리 마무리하기 위해 약을 수입해 온 것도 알려져서는 안 되거든."

"케로나라고 했나요? 거기서도 그 약을 썼다면 혹시 엄마와 같은 증상을 겪은 사람이 있지 않았을까요?"

아저씨는 고개를 저었다.

"알려진 사실은 없는 것 같아. 케로나 쪽에서도 수출을 위해 숨기고 있는 건지, 아니면 동양인에게만 유독 이런 반응이 나오는 건지도. 만약 이런 부작용이 있다는 걸 알았다면 시청에서도 아무리 비용을 절감한다고 해도 사들이지 않았을 거야."

"그럼 왜 우리나라에서만…?"

"그러니까 이게 더 조심스러운 거다. 잘못하면 개인의 병으로 치부될 수도 있는 사안이라서."

엄마의 경우 정신건강의학과를 다녔기 때문에 그렇게 몰고 가자면 충분히 가능한 이야기였다. 나는 아저씨를 보았다.

"게다가 이제 더 이상 CCACA를 수입해 오지 않는 것 같아. 시청 측에서도 네가 문제를 제기한 뒤에야 다른 곳에서도 같은 증상을 보인 사람들이 있다는 걸 파악한 것 같아. 문제가 될 것 같으니 얼른 덮어야 했겠지."

"그럼 이제 어떻게 해야 하죠?"

"사실은 내가 너에게 줄 게 있어. 이게 도움이 될지 안 될지는 모르지만."

"뭔데요?"

아저씨는 목을 길게 빼 객실을 내다보았다. 식사를 하는 사람은 없었고 대여섯 명이 둘러앉아 고스톱을 치고 있었다. 이쪽에 관심을 두는 사람은 없어 보였다.

"우리 친척들이야. 괜찮아."

그렇게 말한 아저씨는 내 얼굴을 들여다보았다. 다시 입을 연 아저씨는 목소리를 아까보다 훨씬 더 낮췄다.

"너도 약국에서 약을 사본 적 있으면 알 거다. 상자 안에 왜 사용설명서 같은 게 들어있잖아?"

나는 고개를 끄덕였다. 본 적은 있지만 한 번도 제대로 읽은 적은 없었다. 글자 크기도 워낙 작은 데다 두통약이면 두통약, 소화제면 소화제, 라고 상자 겉에 쓰인 정보로 충분했기에 별로 관심을 두지 않았다. 혹시 부작용이 일어나면 제약사에서 발을 빼기 쉽게 만들어놓은 요식행위라고만 생각했다.

"CCACA에도 그런 게 있었어."

"그걸 어떻게 구하셨어요?"

"너희 엄마 책상 정리를 내가 했었잖아. 거기서 나온 것 중 하나였어. 업무에 관련된 것은 축산과에 넘기고 개인 물건만 네게 준 거였거든. 그게 기억나서 축산과 사람들이 퇴근한 뒤에 몰래 들어가서 찾아왔어."

그걸 왜 이제야 말하냐고 하는 소리가 목구멍 앞까지 튀어올랐지만, 나는 말하기를 그만두었다. 대신 아주머니의 영정사진을 보았다. 아주머니가 돌아가시지 않았다면 그것은 세상에 빛을 보지 못했을 것이다.

"내일이 발인이란다. 내가 저녁에 집으로 가져다줄게."

"발인 때 저도 같이 갈게요."

아저씨는 손을 내저었다.

"발인 때는 시청 사람들이 많이 올 거다. 괜히 눈에 띄면 좋지 않을 수 있어."

나는 금방 이해했다. 고개를 끄덕였다.

아저씨는 시계를 보고는 입을 벌렸다.

"시간이 벌써 이렇게 됐는지 몰랐다. 어서 들어가. 택시 타고 들어가."

아저씨는 양복 상의 안쪽 주머니에서 오만 원짜리 지폐를 꺼내 내 주머니에 넣으려고 했다. 나는 거절하려 했지만 아저씨의 힘이 더 강했다. 아저씨는 꼭 택시를 타고 가라며 당부하고는 객실 앞까지 나를 따라 나왔다.

"택시 타는 것까지 봐주고 싶지만 상주가 조문실을 비워둘 수는 없어서."

"그 정도는 저도 알아요. 제가 장례식장 선배인 거 아저씨도 아시잖아요?"

아저씨는 슬픈 표정을 지었다.

"조심해서 가라."

"네. 내일 봬요."

내 얼굴이 긴장하는 걸 나는 느낄 수 있었다. 다른 걱정이 들지 않는 것은 아니다. 아저씨가 정말로 모든 것을 감수하고 그 사용설명서라는 것을 내게 가져다줄 수 있을지, 다시 어쩔 수 없는 배신을 선택하지는 않을지 걱정됐다. 그렇지만 한번 더 아저씨를 믿어보기로 했다.

"그래."

아저씨는 손을 살짝 들었다. 나는 몸을 돌려 복도를 걸었다. 내 뒷모습을 한참이나 쳐다보다가 아저씨가 안으로 들어가는 것을 느낄 수 있었다.

5부

반드시 필요했던 것

등교하는 내내 마음이 복잡했다. 아저씨가 갖고 있다는 CCACA의 사용설명서에는 무슨 내용이 들어있을지 내내 머릿속으로 가늠해보았다. 약은 케로나라는 나라에서 사왔다고 했다. 나는 그 나라에 가본 적도 없고, 어떤 나라인지 알지도 못한다. 그저 초등학교 때 나라 이름과 국기를 외우면서 잠깐 들어본 적이 있는 정도였다. 사용설명서는 당연히 케로나 언어로 적혀 있을 것이다. 그래서 아저씨는 그 내용이 뭔지 모른다. 하지만 나는 자신 있었다. 파파고를 이용하면 간단히 해결할 수 있다. 딱히 내가 내용을 입력하지 않아도 사진을 찍듯 스캔하면 번역이 다 되어 나온다. 사용설명서 전체를 한번에 하기는 어려울 것이다. 시간이 걸리는 일일 테지만 곧 내 손에 아주 중요한 것이 들어온다는 것은 명백한 사실이다. 가슴이 뛰었다.

1

교실로 들어가 내 책상에 앉았을 때 위화감이 들었다. 뭔가 평소와 같지 않았다. 고개를 들어보니 제영이의 책상이 비어 있었다. 평소대로라면 내가 책상에 앉자마자 어깨를 툭 치며 인사를 해오던 제영이었다. 오늘 늦잠이라도 잔 걸까. 핸드폰을 꺼내 보았지만 제영이에게서 온 연락은 없었다.

"다들 핸드폰 내."

핸드폰을 집어넣을 박스를 들고 반장이 교탁 앞에서 소리쳤다. 아이들은 마지막으로 핸드폰을 만지작거리다 신경질적으로 하나둘 반장에게 핸드폰을 건넸다. 나 역시 잠깐 고민하다가 핸드폰을 냈다. 자주 핸드폰을 내지 않으면 담임선생님이 알아챌지도 몰랐다. 제영이 걱정되기도 했지만 그 애에게 무슨 일이 있다면 담임선생님이 먼저 알 것이다.

예상은 그대로 맞아떨어졌다. 조회를 하러 들어온 담임선생님은 제영이가 당분간 학교에 나오지 못할 거라고 말했다.

"제영이가 CIF에 걸렸다."

아이들이 웅성거렸다.

"선생님."

"응?"

"제영이는 입원했나요?"

조회를 마치고 교실 밖으로 나가는 담임선생님을 뒤따라가 물었다. 제영이 걱정되었다. 많이 아프지 않았다면 문자라도 보냈을 텐데 아무런 연락이 없었기 때문이다. 다행히도 선생님은 고개를 저었다.

"아니, 증상이 심각하지는 않아서 지금 집에서 격리 중이란다. 열이 많이 오르거나 하면 병원이나 생활치료센터로 가게 되겠지만 거기도 자리가 많지는 않은 것 같더라."

나는 고개를 끄덕였다.

'핸드폰을 내지 말걸.'

제영이에게 얼마나 아픈지 문자를 보내고 싶었지만 그럴 수가 없어 안타까웠다.

그날 수업이 끝나자마자 택시를 탔다. 빨리 집에 가고 싶었다. 어쩌면 아저씨가 발인을 끝내고 집에 와 있을지도 몰랐다.

아파트 앞에서 내린 나는 부리나케 엘리베이터에 올라탔다. 엘리베이터에서 내린 다음 나는 집에 들어가지 않고 잠시 머뭇거렸다. 아저씨가 돌아오지는 않았을까 하는 마음과 혹시 지금 집 안에서 시청 사람들과 함께 있는 건 아닐까 하는 생각이 들었다. 만약 그렇다면 내가 초인종을 누르는 것만으로도 아저씨에게 큰 폐를 끼치는 일일 수도 있었다. 나는 아저씨의 집 현관문에 조용히 귀를 가져다 대었다. 안에서는 아무런 소리도 들려오지 않았다.

잠시 더 고민하다가 결국 나는 초인종을 누르기로 했다. 혹시 손님이 있더라도 내 얼굴만 들키지 않으면 어떻게든 넘어갈 수 있을 것 같았다. 초인종을 누르고 아저씨가 나오면 현관문 뒤로 숨을 생각까지 했다.

딩동-.

나는 용기를 내어 초인종을 누른 뒤 재빨리 한 발짝 뒤로 물러났다. 안에서 내다보아도 내가 보이지 않게 하기 위함이었다. 하지만 괜한 우려였다. 안에서는 아무런 소리도 들리지 않았다. 나는 한 번 더 초인종을 눌렀지만 아무도 나오지 않기는 매한가지였다. 맥이 빠졌다.

아직 아저씨는 돌아오지 않은 듯하다. 발인식이 끝나지 않았을 수도 있지만 손님들을 접대하고 보내느라 늦는 걸지도 모른다. 나와의 약속을 잊을 리는 없다는 생각을 했다.

집으로 들어가자마자 가방을 내려놓고 제영이에게 전화를 걸었다. 신호가 한참이나 울렸다. 전화를 받지 못할 정도로 아픈가, 하며 끊으려는데 전화기 너머에서 제영이의 목소리가 들려왔다.

— 여보…세요.

하마터면 제영의 목소리인지 못 알아들을 뻔하였다. 목소리가 완전히 가라앉아 있었다. 목소리에는 힘이 하나도 없었다.

"너 확진됐다고 담임한테 들었어. 괜찮아?"

— 전혀 안 괜…찮아…. 목젖이 반으로 찢어지는 것 같아. 관절 마디 하나하나가 다 분리되는 기분이야. 너 사람 몸에 얼마나 많은 관절이 있는 줄 모르지?

"장난할 기운이라도 있는 것 같아 다행이다."

제영은 더 죽어가는 목소리를 냈다.

— 장난 아니야…. 열이 39도까지 끓었었어.

나는 내심 놀랐다. 그렇게까지 아팠다니! 나에게 문자 한 통남길 수 없었던 이유가 납득되었다.

"그래서 지금은 어때?"

- 오늘 밤이 고비일지도…. 혹시라도 내가 죽었다는 연락이 가면 교실의 내 사물함에 들어있는 태블릿PC, 너 가져라. 그거 신상인 거 알지?

나는 혀를 찼다.

"안 죽을 건 확실해 보인다."

- 허투루 듣지 마. 나 정말 오늘 밤이 고비인 거 같아.

"그래, 그래. 알았다. 너 죽으면 꼭 챙기마."

- 응…. 그래도 죽기 전에는 손대지 말고.

나는 풋 웃었다.

"그래, 알았다. 그래서 지금은 어쩌고 있냐? 밥은 제대로 먹고 있어?"

- 먹긴 먹어. 근데 이건 완전 감금 생활이야. 엄마가 내 방에 김장 봉투같이 두꺼운 비닐을 두 겹으로 치고 밥 먹을 때마다 식판에 담아서 문만 빼꼼히 열고 밀어 넣어줘. 거실엔 나가지도 못해. 화장실에 갈 때만 잠깐 나갈 수 있는데 내가 화장실 갔다 오면 엄마가 소독약을 뿌리는 소리가 들려. 어쩔 수 없는

거긴 한데 뭔가 내가 바이러스 덩어리인 것 같아서 기분이 좀 그래.

"네 말대로 어쩔 수 없는 거지. 핸드폰이라도 실컷 해."

– 야, 평소엔 그렇게 핸드폰 붙들고 살았는데 정작 핸드폰이랑 둘이 남으니까 이제 이것도 보기 싫어. 지겨워.

"공부라도 하던가."

– 온몸이 들끓고 뼈 마디마디가….

"그래, 알았다. 알았어."

나는 웃으며 대답해주었다. 제영이 장난처럼 말하고 있지만 목소리에는 아픈 기색이 완연했다. 너무 길게 통화하면 안 될 것 같았다.

"그럼 잘 쉬어. 빨리 낫고. 무슨 일 있음 전화해."

– 무슨 일 있음 우리 엄마가 전화해줄 거다.

"거참, 끝까지!"

나는 몸조리 잘하라는 말을 끝으로 전화를 끊었다. 한숨과 함께 교복을 갈아입으려는데 덜컹하는 소리가 들렸다. 분명히 현관문 쪽에서 나는 소리였다. 황급히 일어나 현관문을 보았다. 현관문 아래에 달린 신문 투입구가 흔들리는 게 보였다. 그

리고 그 투입구를 통해 들어왔을 두툼한 편지 봉투가 바닥에
떨어져 있었다.

2

나는 봉투를 집어 들고 안을 보았다. 습자지라고 표현할 수밖
에 없는 얇은 종이가 잘 접혀 들어있었다. 그걸 열어보고 나는
놀라지 않을 수 없었다. 전체는 전지 사이즈였으며 안에 담긴
글자는 채 0.5밀리미터도 되지 않는 깨알 같은 글자였다. 영어
는 단 한 문장도 없었으며 글자라고 여겨지지 않는 선들이 글
을 이루고 있었다. 종이의 사이즈만큼 빽빽이 들어찬 글자는
방대한 양을 이루고 있었다.

일단 그것을 거실로 가지고 와서 쫙 펼쳐놓았다. 양쪽 눈의
시력이 1.0인 내가 몇 분간 들여다만 봐도 눈앞이 뿌옇게 될
지경이었다. 그래도 포기할 수는 없었다. 일단 조금 큰 글자를
먼저 읽어봐야지 싶었다. 핸드폰을 열어 파파고 앱을 열었다.
하지만 곧장 나는 좌절감에 빠졌다. 파파고에서는 케로나 언
어를 번역해 주는 기능이 없었기 때문이다. 이런저런 번역앱
을 깔아본 끝에 케로나 언어를 번역할 수 있는 한 앱을 찾았다.

읽을 글자를 스캔해 그 위를 손가락으로 긁으면 번역이 되는 방식인데, 한 문장을 해보고 나는 크게 실망했다. 문장 단위보다는 단어를 번역하는 데 더 적합한 앱이었기 때문이다. 그래도 지금은 이 수밖에는 없었다. 케로나라는 나라 이름도 겨우 들어본 적이 있을까 싶을 정도인데 그쪽 말을 쓰는 사람을 찾기란 어려울 것이었다.

내가 직접 하는 수밖에 없다.

나는 크게 숨을 들이켜고 설명서에 매달렸다. 앱에 단어를 하나하나 읽혀 이해하는 수밖에 없었다. 테이블 옆에 노트를 가져다 두고 하나씩 읽으면서 내용을 정리하기 시작했다.

가장 처음에 있는 것은 '원료 약품 및 분량'이었다. 나는 그것을 하나하나 앱을 통해 읽었다. 그러나 몇 줄 지나지 않아 일단 이것은 넘기기로 했다. 메글로민, 포마르산스테아릴나트륨 등 내가 알지 못하는 화학 약품들의 이름으로 가득했다. 만에 하나 이 사용설명서에서 제대로 된 정보를 얻어내지 못한다면 이 화학 약품들도 일일이 조사해야 한다는 생각을 하자 눈앞이 깜깜해졌다.

다음은 '용법·용량'이었다. 나는 여기서 뭔가를 찾아낼 수 있지 않을까 하는 기대를 가지며 한 단어씩 풀이해 나갔다. 꽤 긴 분량이었고, 여전히 알 수 없는 화학약품들의 이름이 줄지어 있었다. 한마디로 주요 성분들 각각의 용법과 용량에 따른 주의사항이었다. 하지만 꼭 읽어내야 한다는 생각이 들었다. 일단 가장 먼저 쓰여 있는 것은 약품의 주된 성분에 관한 내용이었다.

대략 각각의 주된 성분을 잘 파악하고 사용자에게 맞게 개별화시켜 사용해야 한다는 내용이었다.

'개별화시켜 사용한다.'

나는 그 말을 다시 한번 새겨보았다. 그런 것을 작업자들이 지켰을까? 아니면 시청에서 지키도록 지시했을까? 그러지 않았을 거라는 생각이 들었다. 나 역시 인근 약국에서 약을 사면 일일이 사용설명서를 확인하고 먹었던 것은 아니었으니 말이다. 그것처럼 약품을 들여와 바로 사용하지 않았을까?

그 아래로는 주된 성분별 주의사항이 각각 적혀 있었다. 나는 점점 눈이 아파왔다. 누군가 눈알을 움켜쥐는 것처럼 쑤셨다. 안방으로 들어가 엄마의 화장대 아래쪽에 들어있던 약상자를 가지고 나왔다. 안에는 진통제, 감기약, 소화제, 알레르기 치료제 등 상비약이 잔뜩 들어있었다. 나를 위한 것이었다. 나는 크게 아픈 적은 없지만 잘 체하는 편이고 감기에도 자주 걸렸다. 겨울이면 집에 유자차와 모과차가 끊이지 않았다. 더 이상 그 시간으로 돌아갈 수 없을 거라는 생각이 들자 등이 선득해졌다. 이제는 이런 기분에 점점 익숙해져야 하겠지….

인공눈물을 찾아 눈에 넣었다. 눈을 감고 손바닥으로 꾹 누르니 조금 시원해졌다. 감상에 빠지는 것은 뒤로 미루자.

다시 자리로 돌아와 사용설명서를 번역하기 시작했다. 내 눈길을 잡은 것은 한참이나 지루한 번역을 이어나가던 와중이었다. 가장 마지막에 적힌 로스베스타딘-a라는 약의 주의사항이었다.

아시아계 환자들에게 이 약의 전신 노출이 증가하기 때문에, 약을 사용 후 충분한 환기가 이뤄진 상태에서 약이 사용된 장소에 출입하여야 한다.

나는 이 내용이 뭘 의미하는지 생각해보았다. 지금까지 조사해본 결과, 고양이 살처분의 순서는 대략 이렇다. 길고양이는 물론이고 집고양이라 하더라도 증상을 보이는 고양이를 전부

잡아 온다. 그다음으로 케이지에 넣은 고양이들을 가스가 들어가는 방에 쌓는다. CCACA 가스가 들어가고 고양이들은 고통의 죽음에 빠지게 된다. 이후 매장을 담당하는 팀원들이 들어가 죽은 고양이를 빼내어 온다. 포클레인으로 파놓은 구덩이에 매장을 하기 위해서다. 이때, 팀원들이 들어가는 방 안을 충분히 환기했을까?

나는 그 부분을 확인해야 했다. 그 내용을 가장 잘 알고 있을 사람이 떠올랐다. 바로 우민희 씨였다. 더 이상 이 일에 깊이 관여하고 싶지 않아 했지만 그녀 말고는 다른 사람이 없었다.

나는 고민하지 않고 핸드폰을 꺼내 들었다. 저장된 우민희 씨의 전화번호를 찾아 통화버튼을 눌렀다. 신호가 한참이나 갔지만 전화를 받지 않았다. 그제야 지금 시간이 몇 시인가 하는 생각이 들어 귀에서 핸드폰을 떼고 시간을 확인했다. 새벽 3시가 훨씬 지나있었다. 어느새 시간이 이렇게 된 줄 몰랐다. 당황하여 얼른 전화를 끊으려고 하는데 핸드폰에서 목소리가 흘러나왔다.

– 여보세요.

명백히 자다 일어난 목소리였지만, 조금 긴장하는 듯도 했다.

"죄송합니다. 시간이 이렇게 된 줄 몰랐어요."

우선 사과부터 했다.

- 괜찮아. 근데 무슨 일이야?

전화기 너머에서 부스럭거리는 소리가 났다. 침대에서 일어나 벽에 기대앉는 모습이 상상되었다. 나는 사용설명서에 대해서는 말하지 않기로 했다. 우민희 씨를 의심하는 것은 아니지만 이건 여러 사람이 알아서 좋을 일이 없다고 판단했기 때문이다. 이 문제에는 나만이 아니라 옆집 아저씨까지 걸려 있다.

"궁금한 게 있어서요."

- 뭔데?

"고양이 죽이는 가스 방 말이에요. 거기에 다시 고양이 사체를 회수하러 들어갈 때 환기를 충분히 하고 들어가셨나요?"

잠깐 침묵이 있었다. 이걸 왜 물어보는지 생각해보는 것 같았다. 다행히 우민희 씨는 자세한 것은 묻지 않고 곧장 대답을 해줬다.

- 아니. 곧장 들어갔어.

"왜요?"

- 왜라니?

"가스잖아요. 위험할 것 같다는 생각이 들지 않으셨어요?"

- 글쎄….

흠, 하고 우민희 씨는 잠시 말을 정리했다.

- 그런 주의사항에 대한 지시는 없었어. 다만 마스크는 끼고 들어갔지. 일반적으로 쓰는 KF94지만 말이야.

그런 것 가지고는 부족할 게 분명했다.

- 그런데 갑자기 그런 건 왜 물어? 혹시 그 가스가…?

"아뇨. 그냥 제가 생각해본 거예요. 아무리 그래도 가스인데 위험한 거 아닐까 하고."

- 딱히 위험하지는 않으니까 그렇게 지시한 거 아닐까? 게다가 전국에서 고양이들이 마구 밀려 들어오는 시점이었어. 조금도 쉬지 않고 가스실을 돌려야 했다는 얘기지. 너희 엄마와 내가 통화를 했을 즈음에는 거의 포화상태였어. 시간이 부족하다는 얘기가 아니야. 포획해온 고양이들을 바이러스가 차단되는 곳에서 보관해야 한다는 얘기지. 그건 결국 비용이 많이 든다는 얘기야. 빨리빨리 가스실을 돌리는 것만이 그때 할 수 있는 최선이었어.

결국 돈 때문인 건가.

– 더 궁금한 거 있니?

"아뇨. 이제 괜찮아요. 밤늦게 죄송합니다."

– 새벽 일찍이지.

우민희 씨는 살포시 웃었다. 나는 웃을 수가 없었다.

"그리고 죄송하지만 오늘 이 통화는…."

– 알아. 나도 괜한 일에 나서고 싶지 않아.

감사하다는 말을 남기고 나는 전화를 끊었다.

혁, 하는 소리와 함께 일어났을 때, 거실 베란다 창으로 강렬한 햇빛이 들어오고 있었다. 나는 테이블에 널린 사용설명서와 노트들을 보며 내가 잠이 들었다는 걸 깨달았다. 재빨리 시간을 확인했다. 8시 40분을 넘어가고 있었다. 아무리 빨리 준비를 한다고 해도 1교시 전에 학교에 들어갈 수 없음은 명백했다. 그리고 나는 지금 학교에 가고 싶지 않다.

거의 밤을 새워서 번역한 분량은 총 길이의 10분의 1도 되지 않았다. 학교에 다녀와 번역을 해서 문장으로 정리하고 이해하려면 한 달은 족히 걸릴 것도 같았다. 게다가 이런 상태에서 학교 공부도 제대로 될 리 없다. 아니, 그런 이유를 댈 것도 없었다. 나는 최대한 빨리 이 안에서 뭔가 단서를 얻어야만 한다고 생각했다.

하지만 학교에 가지 않는다면 또다시 작은아빠가 들이닥칠 것이다. 내가 무얼 하고 있는지 알면 작은아빠는 당장 그만두라고 할 게 뻔하다. 어렵게 구한 이 사용설명서를 없애버릴지도 모른다.

장소가 필요했다. 학교에 가지 않고 하루 종일 번역에만 매달릴 수 있는 장소. 누구도 나를 찾아낼 수 없는 장소. 내가 그곳에 있을 거라고 생각할 수 없는 장소.

도서관, 모텔, PC방.

여러 후보군이 떠올랐다. 도서관은 안 된다. 도서관은 저녁이면 문을 닫기 때문에 돌아갈 곳을 또다시 찾아야 했다. 모텔 생각을 해보았지만 그런 곳에서 중학생을 받아줄 것 같지 않았다. PC방 역시 밤 10시가 되면 청소년들을 전부 내보낸다. 법적으로 오후 10시부터 새벽 5시까지 청소년은 출입 금지다.

"아!"

나는 한참을 생각하다 무릎을 탁 쳤다. 며칠간이라도 몸을 숨길 수 있는 곳이 있었다. 누구라도 거기 있을 거라고 생각지 못할 장소였다. 나는 당장 핸드폰을 들고 전화를 걸었다.

– 내 몸이 조각조각 찢어져, 불타 올라아아아아!

"장난할 기운이 있는 거 보니까 살았네, 살았어."

내가 전화를 건 것은 제영이었다. 확진이 된 제영은 2주간 자가격리를 해야 했다. 부모님도 그의 방에는 들어가지 않는 다고 했다. 그러니 걸릴 일도 없고 누구도 CIF에 확진이 된 제영이의 집에 내가 숨어 있을 거라고는 생각 못 할 게 확실했다.

"집에 부모님 있어?"

– 아빠는 회사 가고, 엄마는 시장 갔어. 왜?

장난을 받아주지 않아 그런지 제영은 약간 부루퉁한 목소리를 내었다.

"지금부터 내가 너희 집에 갈 거야."

– 엥? 왜?

놀란 듯 제영이의 목소리가 커졌다. 눈알이 튀어나올 것처럼 휘둥그레지는 것이 머릿속에 그려졌다.

"사정을 말하자면 길어. 대신 네 방에 날 좀 며칠 있게 해주면 그때 자세히 말해줄게."

– 뭐어? 내 방에 들어온다고? 너 잊었어? 나 CIF 환자야.

"…알아."

그런 건 하나도 무섭지 않다. 정말 무서운 것은 사람이다. 시간과 돈에 쫓겨 동물을 마음대로 죽이고, 그것도 모자라 그 일을 하는 사람들까지 위험에 빠지게 만들었다. 잘못된 일을 바로잡으려는 것도 막았다. 옳은 말을 하는 사람을 자신들이 포획해 매장하는 고양이처럼 매장하려는 사람들이 가장 무섭다.

그런 말을 하자 제영이의 목소리가 달라졌다. 내용을 잘 모르지만 엄마와 관련된 일이라는 감을 잡은 듯했다.

– 집 앞에 와서 문자 보내. 내가 몰래 문을 열어줄 테니까.

"핸드폰은 집에 두고 갈 거야. 작은아빠가 실종신고를 해서 위치 추적이 될지도 모르니까."

작은아빠는 날 필사적으로 찾으려 할 것이다. 연락이 되지 않으면 작은아빠의 걱정은 극에 달할 것이다. 죄송스럽지만 그 감정은 잠시 유예하기로 했다.

– 알았어. 그럼 와서 조용히 문을 두드려. 그래도 대신 마스크 같은 거 엄청 챙겨와. 최대한 걸리지 않게 해보자.

"걱정 마."

나는 제영이에게서 CIF를 옮으면 안 된다는 생각을 하고 있었다. 이 문제를 해결하기 전까지는 절대 쓰러지지 말아야 했다. 이걸 할 사람은 나뿐이니까.

제영이와 전화를 끊은 직후 나는 핸드폰에서 통화 내역을 모두 삭제했다. 작은아빠가 집에 들어와 내 핸드폰을 확인해도 누구와 통화를 하고 사라졌는지 알 수 없게 하기 위해서였다. 그리고 전화를 꺼놓았다. 곧장 일어나 제영이의 집에 갈 채비를 했다.

일단 옷은 편한 트레이닝복 한 벌이면 충분했다. 속옷을 몇 장이나 챙겨야 할까 생각하다가 그냥 한 움큼 집어 가방에 아무렇게나 넣었다. 현관 쪽으로 가 신발장 서랍을 열었다. 거기에는 엄마가 사다 정리해 놓은 KF94 마스크가 가지런히 놓여 있었다. 그것도 한 움큼 집어 가방에 넣었다. 뭐가 더 필요할까, 잠시 생각하다가 나는 베란다로 나갔다.

베란다 한구석에 쌓아둔 물건들 속에서 나는 오토바이 헬멧을 찾아낼 수 있었다. 아빠는 살아생전 오토바이를 좋아했다. 물론 아빠가 망가지기 전의 일이다. 아빠는 엄마의 장난기 섞인 눈 흘김에도 주말이면 오토바이를 타고 동호회에 참석하기 위해 나갔다. 내가 고등학교 3학년이 되면 오토바이 면허증을 따도록 도와준다고 약속까지 했었다.

엄마는 아빠가 돌아가신 후 아빠의 모든 물건을 처분했다. 오토바이가 제일 먼저 우리 집을 떠났다. 그런데 헬멧만은 계속 그대로 남겨두었다. 어떤 마음으로 그랬을지 짐작하기가 어려웠다.

엄마가 사놓은 마스크를 쓰고, 아빠의 헬멧을 옆구리에 끼고는 가방을 메었다. 그리고 나는 엄마와 내가 함께 사진관에 가서 찍은 사진 앞에 섰다.

"다녀올게, 엄마."

나는 나 스스로 결심을 굳히듯 고개를 강하게 끄덕하고는 집을 나섰다. 이곳에 다시 돌아올 때의 내 모습이 잘 상상되지 않았다.

3

내가 헬멧을 쓰고 제영이의 집 현관 앞에 나타났을 때 제영은 기겁했다. 이마에 열패치를 붙이고 선 제영이는 나라는 것을 알고는 헬멧 아래에 쓰고 있는 마스크를 확인했다. 제영이는 팔짱을 끼고 선 채 나를 노려보았다. 심각하게 아파 보이지는 않아 다행이었다.

"바이러스 옮을까 봐 아주 중무장을 하고 왔구나?"

"바이러스 옮을까 봐는 맞지만 네가 생각하는 그런 이유가 아냐."

나는 아파서는 안 됐다. 쓰러져서도 안 됐다. 적어도 엄마의 죽음이 단순한 자살이 아니었다는 걸 알려야 했다. 엄마는 자본의 논리와 내년 지방 선거에서 재선을 노리는 시장의 권력욕 때문에 살해당한 것이나 다름없었다. 더 이상 다른 피해자가 나와서도 안 됐다.

"여기 이렇게 서 있어도 돼?"

"엄마는 아직 시장에서 안 왔어. 그래도 오래 서 있으면 안 되지. 빨리 들어와."

내가 헬멧까지 쓴 채 나타난 것에 진심으로 화가 난 것은 아닌지 제영이는 얼른 내 팔을 잡고 안으로 끌어들였다. 방으로 들어간 뒤 제영은 내 배가 엄청 불룩하다는 것을 알아차렸다.

"그건 다 뭐야?"

나는 오는 길에 편의점에서 산 것들을 꺼내놓았다. 비닐봉지에 담아오고 싶었지만 법이 바뀌면서 편의점에서는 비닐봉지를 팔지 않는다고 했다. 할 수 없이 옷을 바지 안에 집어넣고 그 안으로 물건을 담을 수밖에 없었다.

"나 먹으라고?"

나는 고개를 저었다.

"나 먹으려고."

제영은 기가 막힌 표정을 지었다. 제영이는 엄마가 식사 때마다 밥을 챙겨주고 있다. 내가 아픈 제영이의 밥을 빼앗아 먹을 수도 없고 하니 이런 준비는 필요했다. 그래도 하나쯤은 제영이 몫으로 살 걸 그랬다는 생각을 했다. 바닥에 편의점에서 사온 것을 부려놓고 제영이에게 줄 만한 것이 뭐가 있나 살피고 있자니 제영이 먼저 말을 꺼냈다.

"그래서 도대체 무슨 일인데?"

나는 잠시 고민하다가 입을 열었다. 엄마의 죽음부터 다이어리를 발견하게 된 일, 엄마가 부당하게 살처분팀으로 가게 된 일, 시청에 가서 1인 시위를 한 일, 그리고 성호 아저씨의 이야기와 CCACA에 대한 일까지 차례대로 천천히 말했다. 제영은 이야기를 듣는 내내 입을 다물지 못했다. 나 혼자 그 많은 일을 했다는 것에 놀란 듯했다. 제영이 뭔가 말하려 입을 여는 순간

문밖에서 현관문 잠금장치가 열리는 소리가 들렸다. 나는 재빨리 검지를 입술 중앙에 올렸다. 제영이 입을 꾹 다물었다. 혹시 하는 생각에 나는 벌떡 일어나서 문이 열리는 뒤편으로 숨었다. 밖에서 들어온 제영의 어머니가 문을 열지도 모른다. 제영은 침대에서 이불을 끌어 내려 바닥에 널브러진 내 물건들을 덮었다.

노크 소리가 들림과 동시에 문이 빼꼼히 열렸다. 나는 숨을 멈췄다.

"아이스크림 먹고 싶다며? 자, 사왔어."

방문에 쳐진 두꺼운 비닐 아래로 새하얗고 작은 손이 아이스크림과 함께 불쑥 들어왔다.

"으응. 고마워, 엄마."

"몸은 괜찮지?"

"괜찮긴 한데… 엄마!"

"응?"

"나 오늘은 컨디션이 안 좋아서 좀 오래 자고 싶거든? 저녁 안 먹을 거니까 굳이 깨우지 말아줘."

제영의 엄마는 곧장 걱정스러운 목소리로 말했다.

"점점 좋아지더니 갑자기 또 왜 그러지? 열 자꾸 재봐. 알았지?"

제영이 엄마가 한쪽 손을 볼에 갖다 대며 걱정스러워하는 모습이 상상되었다.

"열은 안 나."

"그래도 재봐. 그러다 혹시 많이 아프다 싶으면 엄마한테 말해야 해, 응?"

"알았어요. 그냥 피곤한 것뿐이야. 너무 걱정하지 말아요."

"그래. CIF 후유증으로 피로를 호소하는 사람들이 많다더라. 어서 자."

"고마워요."

빼꼼히 열렸던 문이 닫혔다. 나는 가슴에 손을 얹고 한숨을 작게 내쉬었다. 제영이 손짓을 한 뒤에야 다시 방바닥으로 내려앉을 수 있었다. 내가 물었다.

"저녁 안 먹는다고 그럼 어떻게 해? 너 몸도 생각해야지. 약도 먹어야 할 거고."

"괜찮아. 네가 사온 것 있잖아."

"벼룩의 간을 빼먹어라, 이 자식아."

나는 농담처럼 핀잔하고는 바닥에 흩어져 있던 물건들을 정리해 제영의 침대 밑으로 밀어 넣었다. 제영이 깨우지 말라고는 했지만 언제든 그 가족들이 문을 열어볼지 몰랐다.

"그래서 내가 뭘 도와주면 돼? 나도 번역앱 쓸 줄 알아. 너는 내 핸드폰으로 써. 나는 컴퓨터로 할게."

"넌 아프잖아. 무리하면 안 돼."

"아까 우리 엄마 하는 말 못 들었어? 나 많이 나았어. 그리고 둘이 같이하면 더 금방 끝날 수 있잖아."

"고맙다."

후, 웃으며 제영은 헬멧을 쓴 내 머리를 툭툭 두드렸다.

삼 일이 지났다. 전혀 씻지 못해 몸이 가려운 것은 둘째치고라도 헬멧 안에서 기름진 머리가 두피에 들러붙는 느낌은 도저히 참을 수가 없었다. 제영의 어머니는 삼 일 전 장을 많이 봐왔는지 그 이후로 집에서 나가지 않았다. 나는 내 몸에서 온갖 쉰내가 나는 것 같아 견딜 수가 없었다. 고개를 돌리자 얇은 설명서를 들고 눈을 주무르고 있는 제영이 보였다. 나는 이상하다는 듯 말했다.

"근데 너는 안 씻냐?"

"아픈데 씻을 힘이 어딨냐?"

거의 다 나았다던 말은 잊은 모양이다.

"며칠째냐?"

"일주일."

나는 헉, 숨을 삼켰다. 쉰내가 나는 것은 나에게서가 아닌지도 모른다. 제영은 씩 웃었다.

"그 정도는 껌이지."

나는 한숨을 쉬었다.

이 집에 들어올 때 편의점에서 사온 음식은 거의 다 동이 났다. 제영의 엄마가 식사로 들여주는 음식을 제영이 나눠주긴 했지만 계속 버티기에는 역부족이었다. 번역은 둘이서 한 덕에 60%가량 했지만 아직 이렇다 할 만한 게 나오지 않았다. 마지막까지도 이 상태라면 이 설명서에 쓰여 있는 화학성분을 죄다 조사해야 하는 불상사가 일어날지도 몰랐다.

가장 심각한 일은, 나도 열이 나기 시작했다는 것이다.

처음에는 헬멧 때문에 그런 줄 알았다. 그런데 점점 두통이 생겼다. 깨알보다 작은 글씨를 계속해서 보고 있으니 그럴 만도 하다고 생각했었다. 제영이 갖고 있던 두통약을 주었지만 낫지 않았고 이제는 어지럽기까지 했다. 아무래도 나도 CIF에 감염된 듯하다.

"너 이러다 큰일 나겠다. 일단 여기서 나가서 검사하고 치료부터 받는 게…."

나는 단호하게 고개를 저었다.

"여기서 나가면 당장 작은아빠한테 붙들릴 거야. 그리고 이번에야말로 작은아빠 집에 들어가서 살게 되겠지. 더 이상은 엄마의 죽음에 대해 관심조차 갖지 못하게 하실 거야."

제영은 이해한다는 듯 고개를 끄덕였지만 여전히 걱정되는 얼굴이었다.

그 뒤로 이틀이 더 지났다. 나는 이제 헬멧은 벗어치우고 제영의 이불을 몸에 뒤집어쓰고 있는 지경에 이르렀다. 열이 나면서 몹시 오한이 들었다. 제영은 거의 다 나았는지 별다른 증상이 없었다. 제영의 체온계로 열을 쟀더니 39.5도가 나왔다. 눈앞이 일렁거려 번역을 할 수가 없었다. 손바닥 안에 있는 제영의 작은 핸드폰이 뜨끈했다. 몸 마디마디가 다 아프다던 제영의 말이 무슨 뜻인지 체감할 수 있었다.

"안 되겠어. 너 당장 나가서 치료부터 받아야 돼. 이거 붙들고 있을 일이 아니야."

제영이는 단호한 목소리로 말했다. 내가 거부하면 당장 자신의 엄마에게 알릴 거라고 협박도 늘어놓았다. 나는 간신히 두 손을 모아 제영이에게 부탁했다.

"조금밖에 안 남았어. 조금만 참아줘."

"정말 걱정된단 말이야."

"조금만… 조금만….'

나는 떨리는 손으로 핸드폰을 다시 설명서에 가져다 대었다. 그리고는 앱으로 다음 문장을 읽어들였다. 그 뜻이 번역됨과 동시에 나는 눈을 크게 떴다.

'사용상의 주의사항'

이런 것이 있었으면 분명 먼저 읽었을 것이다. 하지만 나는 그 나라의 언어를 알지 못했고, 이 중요한 문장들은 짙은 글씨로 표시조차 되어 있지 않았다. 나는 한참을 끙끙거리며 그 아래에 적힌 몇 줄의 문장을 번역해냈다. 그리고 마지막까지 읽어낸 순간 등줄기에 땀이 주르륵 흘러내렸다. 머리는 뭔가에 얻어맞은 것 같았으며 피부에는 오소소 소름이 돋았다.

이 약품에 노출될 경우, 환시, 환청, 섬망이 발생할 수 있으므로 반드시 보호자가 세심하게 관찰해야 한다.

나는 그대로 정신을 잃었다.

내가 깨어난 것은 두 시간 뒤였다. 병이 심해졌다기보다 거의 잠을 자지 못해서 잠시 쓰러진 것 같았다. 그사이 제영이 내이마에 열패치를 붙이고 땀으로 젖은 옷을 제 옷으로 갈아입혀놓았다. 눈을 뜨자마자 일어나려는 나를 제영이 부축해주었다.

"괜찮아?"

제영의 물음에 나는 고개를 끄덕거렸다. 그 어느 때보다 나의 정신은 맑았다. 내 가슴속에서는 푸른빛의 서늘한 불덩이가 일렁이고 있었다. 역시 엄마는 환시 속에서 뭔가 본 것이었다. 돈에, 성과에 홀린 사람들의 채찍질에 최일선에서 일하다 그런 병을 얻었다. 그리고 엄마로서 가장 하기 싫은 마지막을 맞이했다. 아빠는 자살했다. 엄마는 절대 내게 그런 모습을 보일 사람이 아니었다. 하늘에서도 엄마는 편히 쉬고 있지 못할 것이다. 나는 그런 엄마를 쉬게 해주어야 한다.

"이제 어떻게 할 거야? 또 시청으로 찾아갈 거야?"

나는 고개를 저었다.

"어차피 안 통해. 그리고 또 증거를 없애려고 별수를 다 쓰겠지."

나는 번역을 해 정리해둔 노트를 한 손으로 힘주어 잡았다.

"그럼 기자?"

그 물음에도 나는 역시 고개를 저었다. 최현태 기자는 이미 시청과 연결되어 있었다. 그러니 그 기자를 만난다고 해도 시청에 이야기가 들어갈 것이 분명했다. 며칠간의 내 노력은 모두 허사가 될 것이다. 그렇다고 다른 신문사를 찾아갈 수도 없다. 중학생이 하는 말을 얼마나 믿어줄지도 모르지만, 나는 더 이상 그 누구도 믿을 수가 없었다.

내가 해야 했다. 바로 이 손으로.

"네가 해줄 일이 있어."

"또?"

휘둥그렇게 뜬 제영이의 눈 밑에 다크서클이 길게 내려와 있었다. 나는 뜨거운 숨을 뱉으며 쓰러질 듯 침대에 기댔다. 나를 부축하며 제영이 말했다.

"알았어, 알았어. 뭔데?"

"유튜브 한다던 너희 사촌 형."

"모두까기 형? 그 형은 왜?"

"그 계정을 좀 빌릴 수 없을까?"

제영은 내 말이 금방 이해가 가지 않는 듯 큰 눈을 껌벅였다. 그러고는 눈을 부릅떴다. 내가 무슨 일을 하고 싶어 하는지를 알아챈 것이다.

지금 내 몸 상태로는 이 방에서 나갈 수가 없다. 그러니 유튜브를 통해 나는 이 상황을 폭로할 것이다. 제영의 사촌인 모두까기 형의 계정은 이 집에 들어올 때부터 생각하고 있었다. 구독자가 45만이나 되니 그 파급력은 대단할 것이다. 곧바로 시청에서 이 일을 안다고 해도 더 이상 손을 쓸 수는 없을 것이다.

그리고 이런 몸으로 모두까기 형의 스튜디오로 갈 수는 없다. 그래서 아이디와 비밀번호를 받아 직접 실시간 방송을 할 생각이다.

"잘 안 될지도 몰라. 형이 우리를 믿어주느냐가 관건이야."

"부탁해."

제영은 사촌 형에게 전화를 걸었다. 나는 그동안 침대에 기대어 머리를 잠깐 쉬었다. 그러면서도 통화 내용은 다 들을 수 있었다. 처음 모두까기 형은 제영의 말을 신뢰하지 않는 듯했다. 그러나 이야기를 다 들은 후에는 조금 고민하는 것 같았다.

"알았어."

전화를 끊은 제영이 나를 향해 말했다.

"좀 생각을 해보겠대."

"들어줄 거야. 채널의 성향과 딱 맞으니까."

그 생각은 정확히 맞아떨어졌다. 한 시간 후 모두까기 형은 제영의 핸드폰에 문자를 보내왔다. 만약 이 일이 주작이면 모든 책임은 제영이에게 묻겠다고 했다. 그 아래로 형의 유튜브 채널 아이디와 비밀번호가 들어있었다.

갑자기 기운이 났다. 계속 괴롭히던 두통도 떨어져 나가는 듯했다. 머뭇거릴 시간이 없었다. 나는 제영의 책상 위에 책을 높이 쌓았다. 그리고 거기에 제영의 핸드폰을 고정해 놓고는, 핸드폰에 내 모습이 제대로 찍히는지 확인했다. 고개를 끄덕이자 제영이 '모두까기' 채널로 로그인을 했다. 그리고 생방송을 할 수 있도록 조작했다. 제목은 '충격의 폭로! 그들이 내 엄마를 죽였다!'였다. 조금 자극적인 제목이 아닌가 싶었지만 자극적일수록 들어오는 사람들이 더 많을 터다.

제영은 바로 실시간 방송을 열었다. 알림 설정을 해놨던 사람들이 꽤 많았는지 한꺼번에 많은 사람이 실시간 채팅을 통해 인사를 했다. 그러고는 뭔가 이상하다는 걸 느꼈는지 화면에 비치는 나에게 누구냐고 묻기 시작했다. 나는 말하는 것을 조금 늦추고 채널에 들어오는 구독자가 더 많아질 때까지 잠시 기다렸다. 자극적인 제목 때문인지, 아니면 모두까기 채널을 좋아하는 구독자가 많아서인지 곧 800명이 넘었다. 대체 무슨 일이냐는 질문들이 댓글 창을 덮었다. 나는 몹시 떨리는 마음으로 화면 앞에 똑바로 섰다.

　　나는 이들에게 진실을 말할 것이다. 그리고 이들은 내 이야기를 들어줄 것이다. 약품을 제대로 검증도 하지 않고 썼다는 것을 입증해줄 증거와 약품 사용설명서도 있다. 여차하면 아저씨를 증인으로 세울 수도 있다. 물론 익명이어야겠지만 기자들도 그때는 내 말을 더 잘 들어줄 것이다. 다른 피해자들이 있다는 건 내 말을 뒷받침해줄 것이다. 나는 화면을 향해 인사를 하고 떨리는 마음으로 잠시 숨을 얕게 몰아쉬었다. 하늘에 계신 엄마가 날 봐주고 계실 것 같았다.

　　나는 내내 준비했던 첫마디로 포문을 열었다.

"우리 엄마는 내가 보는 앞에서 18층 베란다 밖으로 뛰어내려 죽었습니다."

이제 시작이다.

엄마가 죽었다

초판 1쇄 발행 2023년 10월 15일
초판 2쇄 발행 2024년 9월 19일

지은이 | 정해연

발행인 | 박재호
주간 | 김선경
편집팀 | 강혜진, 허지희
마케팅팀 | 김용범
총무팀 | 김명숙

디자인 | 석운디자인
일러스트 | 해랑
교정교열 | 문혜영
종이 | 세종페이퍼
인쇄·제본 | 한영문화사

발행처 | 생각학교
출판신고 | 제25100-2011-000321호
주소 | 서울시 마포구 양화로 156(동교동) LG 팰리스 814호
전화 | 02-334-7932 팩스 | 02-334-7933
전자우편 | 3347932@gmail.com

ⓒ 정해연 2023

ISBN 979-11-91360-90-5 (43810)